勞倫斯・卜洛克◎著　蘇瑩文◎譯

睡不著覺的密探系列 06

EVAN TANNER

LAWRENCE BLOCK

我的英雄譚納

Here Comes a Hero

睡不著覺的密探系列 6

我的英雄譚納 Here Comes a Hero

作　　者	勞倫斯・卜洛克 Lawrence Block
譯　　者	蘇瑩文
封面繪圖	伊卡魯斯
封面設計	臥斧
文字排版	林翠茵
企畫選書	唐諾
編輯協力	王韻華
責任編輯	冬陽
業　　務	陳玫潾
行銷企畫	陳彩玉、王上青
主　　編	冬陽
總 編 輯	劉麗眞
總 經 理	陳逸瑛
發 行 人	凃玉雲
出　　版	臉譜出版
發　　行	英屬蓋曼群島商家庭傳媒股份有限公司城邦分公司 台北市民生東路二段141號2樓 讀者服務專線：02-25007718；25007719 服務時間：週一至週五9：30～12：00；13：30～17：00 24小時傳眞服務：02-25001990；25001991 讀者服務信箱E-mail：service@readingclub.com.tw 劃撥帳號：19863813 書虫股份有限公司 城邦讀書花園網址：http://www.cite.com.tw 臉譜推理星空網站：http://www.faces.com.tw
香港發行	城邦(香港)出版集團 香港灣仔駱克道193號東超商業中心1樓 電話：852-25086231/傳眞：852-25789337 email：hkcite@biznetvigator.com
馬新發行	城邦(馬新)出版集團 Cité(M) Sdn. Bhd.(458372 U) 11,Jalan 30D/146,Desa Tasik, Sungai Besi, 57000 Kuala Lumpur,Malaysia 電話：603-90563833/傳眞：603-90562833 email：citekl@cite.com.tw
初版一刷	2009年10月6日 版權所有，翻印必究 (Printed in Taiwan)
	定價260元 (本書如有缺頁、破損、倒裝，請寄回本社更換)

城邦讀書花園
www.cite.com.tw

國家圖書館出版品預行編目資料

我的英雄譚納 / 勞倫斯・卜洛克 (Lawrence Block)
著；蘇瑩文譯 . -- 初版 . -- 臺北市：臉譜出版：
家庭傳媒城邦分公司發行, 2009.10
面；　公分. -- (睡不著覺的密探系列：6)
譯自：Here comes a hero
ISBN 978-986-235-060-7 (平裝)

874.57　　98016970

睡不著覺的密探06

我的英雄譚納

Here Comes a Hero

1

在一個美好的十月午後兩點三十分，我一把扯掉牆上的電話。米娜說，「伊凡，你把牆上的電話給扯下來了。」

我看著她。米娜七歲，滿頭金髮和一雙大眼，看來就像是立陶宛版、夢遊仙境的愛麗絲。通常只要看著她，就足以令人感到賞心悅目。然而在當下，我眼神中的某種東西告訴了她，和平共存暫時是不可行的。

「我想，我要到公園去，」她小心地說，「和米奇一起去。」

「米奇在學校。」

「他今天留在家裡，伊凡。今天是猶太節日。」

米奇，出生時命名為米蓋爾，並沒有皈依特定的宗教組織，因而得以不受約束地，只要是在任何宗教團體成員可以留在家中不去上學的指定紀念日裡，都可搖身成為該宗教理所當然的遵循分子。我對米奇，以及眾多通往神明教化之道發表了些嚴苛的言論。

米娜問我們有沒有過期的麵包，我告訴她不要指望我去記得這些事，廚房雜物明細是她的工作。她再度出現時，帶了三片麵包要給鴿子。這些麵包看起來不太像是過期的樣子。

「午安，」她用立陶宛語說，「我原諒你的情緒無制，並相信當我回來時，你會比較容易溝通。」

在我還沒能拿鞋子扔她之前，她就迅速閃出門外。每當米娜端起女皇架式時，總是說立陶宛語。身為立陶宛獨立後，首任且僅有的明道加斯王室唯一直裔子孫，她無庸置疑的是位皇族。她曾經宣誓，立陶宛君主政體復辟後，將任命我擔任她的首相，我把她的承諾和俄國沙皇時代發行的公債，以及美國內戰期間的南聯貨幣，同放在一個抽屜裡。

我沉重地嘆了一口氣，米娜於是出門去毒害公園裡的鴿子，我再度嘆息，拿出一把螺絲起子，打開牆上電話這個小東西，重新組合起來。將怒火宣洩在沒有生命的物件上可以表達出許多意念，尤其是這些東西如此易於修復。

花了大約十分鐘，我將電話重新裝好，相較於這個黑色小怪物在這一天裡已經花掉的時間來說，這不過如彈指般短暫。打從早晨五點開始，電話就響響停停。因為既然我不睡覺，朋友和敵人都在任何時候恣意地打電話給我；在許多這樣的日子當中，他們更是選定今天劍及履及確切執行。

我原本打算在這一天全心致力於威廉．華滋華斯詩作中關於色彩象徵主義的論文，如果你覺得這聽來有些乏味，那麼不過是蠡測管窺罷了。這完全不是我會挑選來做爲論文的議題，但是由於不可知的原因，這正是凱倫．迪區的選擇。迪區小姐是薩佛郡的一名學校老師，如果她能得到碩士學位，就能獲得加薪。而我，則能因提供迪區小姐一篇合格論文，得到一千美金。即使是拿色彩象徵主義做爲主題，以一篇大約兩萬字的論文來計算，我寫一個字就值五分錢。

不管怎麼說，我仍得完成這篇該死的東西，然而電話卻一直響個不停。有一段時間，我把回答電話的工作交付給米娜，在大部分的時間裡，她都能處理得相當得體。但這回卻不然。米娜能說流利的立陶宛語、拉脫維亞語、英語、西班牙語和法語，德語和亞美尼亞語則勉強能應對，她上個夏天在都柏林時學了些愛爾蘭語，此外，在某些時候還聽得懂其他半打語言中的骯髒字眼。電話響了整個早上，米娜不停地接，各路丑角卻一直用波蘭語和塞爾維亞—克羅地亞語、義大利語，和其他在她理解範疇以外的語言說話。

最後，我終於把那具該死的電話從牆上扯下來，而米娜則逃往較宜人的場所。當公寓裡的氣氛稍微平靜下來之後，我修好了電話，到目前為止，情況就如同各位所知的如此這般。

這是在我生命當中最爲嚴重的錯誤之一。

電話堅毅地維持了一個小時的靜默。我仔細探究華滋華斯，敲擊著打字機，安靜的電話使我放鬆警戒，產生了一種不眞實的安全感。然後它響了起來。我接起電話，一個不熟悉的聲音說，「譚納先生？伊凡·譚納先生？」

我說，「是的。」

「你不認識我，譚納先生。」

「噢。」

「但是我得找你談談。」

「噢。」

「我的名字是蜜麗安·霍洛維茲。」

「你好，霍洛維茲小姐。」

「是霍洛維茲太太，班哲明・霍洛維茲太太。」

「你好，霍洛維茲太太。」

「他死了。」

「抱歉，我沒聽懂？」

「班哲明，願他安息。我是個寡婦。」

「我爲你感到遺憾。」

「噢，到二月就滿八年了。我在說些什麼？九年，到二月就九年了。他不曾告病過一天，是個努力工作的人，好丈夫，從辦公室回家時疲憊不堪，像風中殘燭般倒地不起。是他的心臟。」

我將話筒換邊，好讓霍洛維茲太太能對著另一隻耳朵講講話。她安靜下來，於是我決定稍加激勵。「我是伊凡・譚納。」我說。

「我知道。」

「你打電話給我，霍洛維茲太太。我不想，呃，對你沒有禮貌，呃，但是——」

「我是爲了我女兒，才打電話來的。」

我是爲了我女兒，才打電話來。世上有許多三十好幾的單身漢聽到這些字眼，不至驚慌失措，但是這些人通常穿著粉色絲質短褲，訂閱體育雜誌。我感到一股深沉又無法抗拒的衝動，想要掛斷電話。

「我女兒黛博拉有了麻煩。」

我女兒黛博拉有了麻煩。

我掛掉電話。

黛博拉・霍洛維茲懷孕了，我猜。黛博拉・霍洛維茲懷孕了，她的糊塗老媽認定伊凡・麥可・譚納是那個該負責的人，並正在以估量女婿或是人父斤兩的方式打量他。

我站起身來開始踱步，猜想著，究竟是奉了哪個神明的意旨，讓黛博拉・霍洛維茲懷下身孕？她爲什麼沒服用避孕藥？她究竟在想什麼？還有——

等等。

我並不認識任何名叫黛博拉・霍洛維茲的人。

電話響，我接了起來，霍洛維茲太太的聲音講述著有關電話斷線的種種。我插嘴告訴她，她搞錯了，我甚至不認識她的女兒。

「你是伊凡・譚納？」

「是的，但是——」

「地址在曼哈頓？西一〇七街？」
「是的，但是——」
「你認識她，而且你一定得幫忙。我是個寡婦，孤伶伶一個人在世上，無處求援。你——」
「但是——」
「你認識她的，也許你不知道她的本名。年輕女孩們對名字總是有些花俏的想像。我記得當我十六歲時，突然間就覺得蜜麗安不好，而叫自己蜜蜜。哈！」
「你的女兒是——」
「菲德菈，她這麼稱呼自己。」
我緩慢地、柔和地說，「菲德菈．哈洛。」
「眞是什麼想法都有。不管是名字還是姓氏，從黛博拉到菲德菈，從霍洛維茲到——」
「霍洛維茲太太。」我說。
「是的。」
「霍洛維茲太太，我想你弄錯了。」我深吸了一口氣。「如果菲德菈——如果黛博拉，假設她，呃，懷孕了，那麼，我想這是不可能的。」

「你在說些什麼？」

「我是說，假如情況是這樣，我想你最好開始尋找閃亮的伯利恆之星（譯註：據聖經記載，耶穌誕生時，東方三智者隨伯利恆之星指引，前往耶路撒冷朝聖。）。因爲——」

「誰說了什麼有關懷孕的事了？」

「你。」

「我說的是，她有麻煩了。」

「噢。」我想了一下。「你的確是這麼說的。」

「她的名字配不上她，所以得改名。她的國家對她不夠好，於是她飄洋過海。老天爺才知道她惹上了什麼事。我一直都會收到她寄的信，但是信件卻停了下來，接著我收到這張明信片。譚納先生，我坦白告訴你，我擔心她的小命。譚納先生，讓我來告訴你——」

我沒掛斷電話，「霍洛維茲太太，也許我們不應該在電話裡講這些事。」

「不應該嗎？」

「我的電話被監聽。」

「噢，老天！」

我認爲她的反應可能有些過度。當一個人被認定是危險分子，或加入某些寡廉鮮恥、並誓言以暴力推翻某某政府的組織後，這個人就會知道，除非有確切反證，否則每通電話都會被監聽。中央情報局從未間斷地監聽我的電話，聯邦調查局則持續監閱我的郵件。當然，也可能兩者相反。我老是記不得。

「我必須見你。」霍洛維茲太太說。

「呃，我有點忙——」

「這個攸關生死。」

「呃，我正在寫這麼一篇論文，你知道，主題是，呃——」

「你知道我住在哪裡嗎，譚納？」

「不知道。」

「在麻瑪隆內克。你知道麻瑪隆內克嗎？」

「呃——」

她將地址給我。我沒花工夫寫下來。「你直接來找我，」她說，「我這裡什麼都有，迫不及待等著見你。」

她掛掉電話，幾分鐘之後，我才照做。

「我以前從來沒搭過火車。」米娜說。她透過一扇非常骯髒的窗戶向外望去，看著骯髒的東布朗克斯區向後退。「謝謝你帶我來，伊凡。眞是一列美麗的火車。」

事實上，是可怖的火車。這是一列往來於紐約、紐哈芬和哈特福之間的通勤慢車，列車在五點多一點的時候駛離中央車站，幾分鐘之後，米娜和我在一二五街車站登上列車。儘管不夠快，車子仍會載著我們到達麻瑪隆內克。

我並沒有眞的計畫要搭乘這一列或任何一列火車。正因如此，我沒有記下霍洛維茲太太的地址。霍洛維茲太太在電話裡就已經不甚討人喜歡，和她本人面對面，保證情形更糟。也許這是菲德菈自找的，但若她身陷困境，我相信她絕對可以安然脫險。像霍洛維茲太太這樣的母親如果有了像菲德菈這樣的女兒，總是會放不下心。通常，這的確有道理，但是當她們的母親試圖採取行動時，總是無可避免地讓事情每況愈下。

「我沒有看到任何動物。」米娜說。

「你看不到的，那是布朗克斯區。」

「我以爲我們可以看到布朗克斯動物園。」

米娜對動物園有一種無法滿足的熱情。我幫她簡單介紹了布朗克斯區的地理位置。我覺得她沒費多大心思在這上面，因爲她繼續告訴我，她曾經和琪蒂・巴莎寧去過布朗克斯動物園，還有當我們在都柏林的時候，雅蕾特・莎澤哈也帶她到當地動物園去，以及她好幾次同意讓菲德莅陪伴她到中央公園的兒童動物園。米娜有種不可思議的本領，可以操縱人們來從事這項活動。我經常懷疑，她是否認爲我之所以陷入情網，完全是因爲要提供人手來帶她前往動物園。

我閉上雙眼，思考著威廉・華滋華斯，自從與菲德莅的母親說過話後，我就沒有能如此做了，反倒是在兩個小時裡，我將其中的大半光陰花來瞪視打字機上的紙張，腦子裡想著菲德莅。我不斷告訴自己沒什麼值得擔心的，更別說反正也是無計可施。但是事實仍舊是如此。當思緒正忙著去煩惱一個擁有著曼妙身軀、虛幻名字和無暇貞節的十八歲處女的下落時，要專心構思一篇該死的論文，實在也不太可能。

在希臘委員會爲垃圾清運解決方案所舉行的一場宴會上，菲德莅・哈洛走入了我的生命；或者說，是我踏進她的生命。今年二月期間，數以噸計、層層堆疊的垃圾組構出紐約的景觀，等待著垃圾清潔工作人員的罷工問題解決後，好得以清運。在紐約，隨時都有人在罷工，這一次輪到了垃圾清潔工。整個城市浸在及臀的馬鈴薯皮和空的塑膠容器中，成群的鼠輩離開藏汙納垢的棲息處，上街來找乳酪。也許這足以說明紐約的現狀：一直到罷工的三大之後，才有人發現異狀。

無論如何，一群包括了某知名女星，以及十二名餐飲界大老闆的希臘裔美國人團體，決定挺身而出，安排「送垃圾到希臘」活動。一般認爲，這是某種類似打包的可行替代方案：花五塊美金，就可以寄送十磅垃圾到雅典去，如此一來，一方面可以幫助清理紐約；再者，也得以好好表達對希臘軍事團體的看法。

結果，罷工在接下來的十天內就達成協議，這項活動於是沒能啓動（垃圾最後倒是眞的被搬運清除乾淨）。反正我也不認爲事情會有更多的發展。活動的主要目的是在博取報紙版面，悲哀的是報導篇幅小到毫不起眼。然而這群人還是保持了團隊精神，在復活節前夕舉辦了一場宴會，以慶祝冬天的結束。這場宴會本身極其成功。泛希臘友誼協會紐約分會全員到齊，協會創辦人傾囊提供了諸多會員餐廳的食物及飲料。除了烹調方式五花八門的各式羊肉、松子葡萄乾米肉燉飯、蓬鬆黏蜜的麵團布丁、核果，以及蜂蜜等點心之外，還有葡萄酒。

老天爺，眞的有葡萄酒！一箱又一箱的希臘傳統蕾姿欣娜、羅帝堤和瑪芙若達芬。美酒搭配佳肴，瓊漿玉液陪襯激昂的演說，當喬治．帕帕斯撥弄烏德琴，史塔佛若斯．梅爾寇拍擊著銅鼓，琪蒂．巴莎寧獻上熱舞向希臘的（以及性慾的）自由致敬時，更是少不了酒。

菲德菈．哈洛站在宴會廳的角落，用半加侖裝的酒壺喝著蕾姿欣娜。光滑的深棕色髮絲順著脊背往下垂，幾乎觸及腰際，纖腰不及盈握，身上的其他部位倒不然。她穿的若不是超短迷你裙，就應該算是超寬版的腰帶。這件服裝的盡頭，就是一雙美腿的開端，包裹著貼身綠色網眼緊身褲，一路順著美好的曲線，抵達套著鞋匠專爲精靈訂製的綠色麂皮尖翹拖鞋的玉足；原本設計應該是垂墜寬鬆的毛衣，裹在她的身軀上卻服貼合宜。

我還沒走到盡頭，就看到了宴會廳那端的她，我瞪著她看，直到她看向我的方向爲止，我們四目交纏，好像天生就該如此。我走向她，她將酒壺遞給我，我啜，她飲，接著我們看入對方的眼眸深處。她有大大的杏眼，雙眸與髮色相同，而我的眼睛則平淡無奇。

「我是伊凡．譚納，」我說，「而你是神話與魔幻裡的人兒。」

「我是菲德菈。」

「菲德菈，」我說，「希臘神話中阿麗雅德妮的妹妹，忒修斯的新娘（譯註：希臘神話中，克里特公主阿麗雅德妮指引忒修斯到克里特國王的迷宮，宰殺怪物米諾陶，忒修斯之後拐跑阿麗雅德妮卻又因故拋下她。忒修斯後來愛上阿麗雅德妮的妹妹菲德菈，但是菲德菈又愛上忒修斯的兒子西波呂特，後因不被接受而自殺，並寫下遺書陷害西波呂特。），是你取了米諾陶的命嗎？來到我的懷抱裡，我容光煥發的男孩。」

「噢，愉悅的日子。」菲德菈說。

「而你會爲了對西波呂特的愛而自縊嗎？他不成材，是個笨拙的男孩，幾乎不值得你去費神。你相信一見鍾情嗎？」

「不僅如此，還有第二次、第三次的相見。」

「菲德菈。眼前正值復活節日，而菲德菈卻爲冬季劃下休止符，舞池現在是寒冬。啊，你笑了，但這就是復活節眞正的意涵。世界獲得重生，基督復活，林木的汁液上升。你知道嗎，離這裡幾個街區之外就有個好地方，可以恰如其分地來慶祝復活節嗎？那裡有個俄羅斯東正教堂，將這個特殊節日舉辦得極其盛大，充滿歌聲、高呼聲和歡樂。來吧，我的菲德菈，現在這個宴會即將結束，」以上純屬虛構，宴會在之後熱鬧地持續了五個小時，「我們剛巧來得及趕上午夜的復活節彌撒，而且我愛你，你知道的——」

俄羅斯彌撒極其精彩。當我們在大約兩點左右離開的時候，彌撒還在繼續進行。我們在十四街找到了家餐館，口中啜飲咖啡，用眼眸品嘗彼此。我詢問她來自何處、住在何方，她引用奧瑪（譯註：此指奧瑪・開儼，波斯學者，以其詩作魯拜集聞名。）的句子回答：「我隨水而來，逐風而去。」接著進一步具體說出，她目前並無固定住所。之前她與兩名嬉皮同住在東十街，但是在當天下午遷了出來。她說，大家隨時都處在亢奮狀態，沒人眞正在做事，她受夠了。

「來我的地方。」我說。

「好。」

「來與我一起生活，當我的愛人。」

「好的。」

當計程車從下西區飛馳前進到上東區時，她將頭安靠在我的肩上。「我有事要告訴你，」她說，「我叫做菲德菈・哈洛，十八歲。」

「我年齡的一半。你相信命理學嗎？裡面的意涵令人著迷——」

「我是處女。」

「眞是太奇妙了。」

「我知道。」

「呃——」

她的手指頭在我的臂上施壓。「我不是反對性行爲的冷感女人，也不是女同性戀或什麼的。我並不希望被誘惑，或是被說服來做這檔子事。一直都有人試圖——」

「這不難相信。」

「——但這不是我想要的，現在不是時候。我想要看遍世界，去發掘事物，自我成長。好了，說太多了，酒一喝多話就多，但是我要你了解這一點。如果你還願意，我可以留在你的地方，和你一起生活，但不打算與你繾綣纏綿。」

當下我對這段話最爲懷疑的部分，是菲德菈本身是否也相信自己的話。我自然是存疑的，甚至不相信她還是處子之身。長久以來，我一直覺得處女要不是神話虛構，就是已經滅絕了。在我看來，處女就是能跑得比她兄弟要來得快的七歲女孩。

於是在回家的路上，對於我們將會如何慶祝即將到來的春天，我胸有成竹，打算把沙發打理成床鋪，將這名美好甜蜜的動人女郎擁入懷中，然後呢，呃，接下來就讓各位去自由發揮了。

再仔細不過的計畫，有時還是比不上變化，但菲德菈可不是。在公寓裡，我驚訝地發現她竟然說到做到。她還是處女，並且在可預見的未來仍打算保持這個狀況，她抱持著純精神層面方式共享床鋪的認知，與我同眠，並且不鼓勵任何與性事相關的活動。

於是，我的確是將沙發打理成床鋪，讓她睡在上頭，然後走進廚房替自己準備了一些咖啡，心不在焉地讀了一些書。我告訴自己，不管是心事、月事或其他事，總是會有結束的一天。

但是，這段期間一直沒有度過。菲德菈在我的公寓裡住了約莫一個月，這可說是我一生中最為沮喪的時間。就其他任何層面來說，她都是最完美的客人——在我需要陪伴時擔任最好的伴侶，當我有事時完全不擾人，是米娜理想的同伴，也是稱職的廚子和管家。如果菲德菈帶來的愉悅純然只在於性事上，那麼我早早就將她遣走了。從另一個角度來說，如果當初我沒有感受到她令人無法抗拒的吸引力，也早就調整好自己，來適應她所希望保持、類似兄妹之情的關係了。除非有如同強暴犯般的精神狀況，否則人們會視慾念為彼此你情我願的一回事。情慾在單行道上是走不久的。

至少從前的狀況總是如此。但是現在不同了。我發現自己每天益發渴望這個隔絕我於外的小女人，而無法到手的事實卻越來越明顯。眼前的解決方式，也就是找出個對於生活與愛情裡抱持踏實觀點的女人，在理論上比實際可行。可悲的是，我並不是個單純只圖交媾洩慾的性饑渴青少年，能夠改善這類狀況的方法有很多，可惜我的問題並不在其中。當性慾有特定對象時，根本就沒有替代方案，就好像給快要渴死的人吃一條麵包是一樣的道理。

這個狀況一天二十四小時地持續了一個月，如果大家覺得這似乎會令人發狂，那就可能了解到重點了。度過了第一個夜晚之後，菲德菈便搬進米娜的房裡，分享她的床鋪，至少讓我不必看她入眠。但即使是夜晚，她的身影也瀰漫在公寓，使我的腦袋一片混亂。

然而，我卻無法與菲德菈深入談及此事。任何與這個主題有關的對話，只會讓我的挫折感和她的罪惡感高漲，卻無法拉近兩者的距離，進而達成合理的結論。

「大錯特錯。」她會這麼講。「我不能在留下來，伊凡。你對我這麼好，這對你太不公平了。我要搬出去。」

接下來，我會勸菲德菈留下來，擔心她一離開，自己便會失去她。我是這麼想的，她遲早會讓步，要不，就是我會停下這個想要擁有她的慾念。然而事情並非如此，我反而像個腿部負傷的男子，無意識地瘸拐跛行走過人生，只是沒有隨時意識痛苦。

該死，我想要她，又無法得到她，到了那個月底，我漸漸習慣這個狀況，然而有一天，她說她必須走，離開紐約。她不確定自己將前往何處。我同時感受到失落與解脫。我對自己說，她的年紀只有我的一半，並且極度神經質，而這種緊張是會傳染的，雖然我是如此愛戀她，但是沒有她，也可以過得很好。於是她搬了出去，有那麼一陣子，公寓裡孤單空洞，接下來情況又有轉變。簡單地說，有個名叫桑妮亞的女孩出現。

此刻是十月中，是紐約在一年裡最美好的月分。空氣清爽，風向改變了，吹開大部分的汙染，在舒適的日子裡，天空遠遠地亮著藍光。春季細雨霏霏，夏日酷熱難耐，理所當然地讓降臨的冬季如同往常的難熬，但是這個特殊的十月，是人們寫下「秋高氣爽在紐約」的心境。幾個月來，我一直期待此刻。

接下來，在這一週尚未結束之前，我卻到了大西洋的另一端。

2

我到倫敦的第四日，老天就開始下起雨來。其實從我抵達的那一刻開始，雨就斷斷續續地下，時則霧氣瀰漫，時則無。六點過後沒多久，我回到史多克斯的公寓，收起奈吉爾・史多克斯堅持要我帶的雨傘，然後走進廚房。茱莉亞在爐子前打轉，而我則在她身邊打轉，一方面是因爲爐子的熱度，一方面也是覬覦她的溫暖。

「我正準備要倒茶，」她說，「我想，奈吉爾在修鬍子。在外頭沒什麼收穫，是嗎？」

「是的。」

「進行得如何？」

「根本就沒有發現。」

就在她倒茶的時候，她的哥哥加入我們。奈吉爾大約四十出頭，比茱莉亞要年長個十歲左右，最近才蓄起一把讓他再老個幾歲的警衛式八字鬍。他之所以蓄鬍，是爲了一齣鬧劇中的警衛角色，這齣戲幾週前在西區上演，奈吉爾打算戲一結束，就立刻刮掉鬍子。從戲評上看來，這個結果應該很快就會到來。

「怎樣，」他說，「運氣如何？」

「恐怕是一無所獲。」

「不但做白工，還雪上加霜碰到糟糕無比的天氣，是吧？」他在茶裡加了糖，並在麵包上抹奶油。「你今天去了哪裡？更多同樣的地方？」

我點頭。「旅行社、職業介紹所，我還去了羅素廣場上大半的出租公寓。我猜我的運氣還不差，順利找到她離開倫敦前最後的住所。她在博物館轉角處附近租了個房間。日期吻合，遷出日期是八月十六日。但是她並沒有留下聯絡地址，住那裡的房客也沒有人知道她可能的去處。」

「看來沒有希望。」茱莉亞說。

這似乎是對整個狀況一個簡明扼要的總結，而我開始懷疑，為什麼自己一開始要驚慌到開始這趟旅程。當然了，其中一個理由，是霍洛維茲太太的情緒狀態。驚慌是具有傳染性的，而且這個女人完全驚慌失措，事實上，菲德菈的家書也沒能解除這個狀況。最後一封來自英格蘭的信上寫著：基於安全因素，我不能再告訴你更多的事了，但是我有個極好的機會，能到以前想都沒想過的地方旅行。關於這些事，眞希望自己能告訴你多一些資訊。這張維多利亞暨亞柏特博物館出版的明信片是從巴格達寄出的，日期難以辨識，上面還有令人發寒的潦草字跡：每件事都不對。眞的惹上麻煩了。你可能再也不會有我的音訊了。希望我能寄出這封信。很明顯的，她眞的惹上麻煩，手上沒任何原子筆或鉛筆，這個訊息是用炭筆寫下的。

我不記得自己對霍洛維茲太太說了些什麼。我盡全力安撫她，然後把米娜帶回公寓，切掉電話，接下來的三天兩夜不眠不休地寫完那篇論文。爲了趕進度，我捏造了大部分的補充說明。凱倫·迪區將一千元酬勞給我，在支票上的字跡還沒乾透之前，我就將它兌現，把鈔票放在裝錢的腰包裡，綁在腰際，扔了一些東西進旅行袋，把心不甘情不願的米娜送到琪蒂·巴莎寧在布魯克林區的住處寄宿，幾經考慮，排除了冒險搭乘直飛班機前往倫敦的選擇，而是在剩下不到十分鐘的時間內，趕搭愛爾蘭航空公司的班機前往夏儂和都柏林。

英國政府的幾份名單中都列有我的名字，我有種預感，他們一定會刁難我。由於我身爲愛爾蘭共和兄弟會的一員，愛爾蘭也將我列爲危險分子，但是他們對這種事不至於大驚小怪。因爲大部分的人都是試圖離開這個國家，所以他們從未將非法入境看得太嚴重。

然而我在愛爾蘭只見到都柏林機場內部，在轉搭英航班機前往倫敦之前，我在機場用了早餐。從愛爾蘭搭機前往英國不需出示護照。除了幾個尚在襁褓嬰兒偶有嘔吐之外，航程一切無異，我準時到達倫敦，前往史多克斯位於國王十字的公寓。

我仍然在這裡。幾年來，我一直與奈吉爾保持書信往來，當他的一齣戲在百老匯短暫演出時，我曾經在紐約與他見過一次。他是英格蘭地平協會的成員，幾年來致力打造複雜的一比一平面地球儀，這項計畫讓我十分欽佩。茱莉亞則不這麼想，她認爲整個計畫瘋狂無比。奈吉爾當然了解這的確瘋狂，但是自得其樂。

現在，他幫我們每個人斟上第二杯茶。他說，「眞是瘋了，你知道的。」但他指的不是地球的形狀。

「我知道。」

「大海撈針就已經夠糟了，更何況你完全沒了解到自己在找的是根針，對吧？我指的是那封信，伊凡。我倒不覺得旅行社——」

我點點頭。「我只是窮忙一場，就這樣。」

「的確如此。還有，職業介紹所。喔，這當然有可能，但我總覺得你沒什麼運氣，還比較像是到處亂飛的無頭蒼蠅，不是嗎？」

「是沒錯。」我同意。

茱莉亞拉出一張椅子，坐在我們兩人中間。「你有沒有想過去巴格達？」

「簡直荒唐，」他的哥哥說，「他如果在巴格達，要從哪裡著手？」

我閉上眼睛。他說的沒錯，試圖在巴格達尋找菲德菈是相當不合理的事。至於茱莉亞，她似乎有辦法讀出心思，因爲我的確想要這麼做，不管荒不荒唐。

奈吉爾拉拉鬍子了。「有可能是我看了太多電影，但是，伊凡，讓我再看看那封信好嗎？」我把信上的內容背出來。「好，我是這麼想的。你知道嗎，我有種感覺，這裡面好像牽扯到一些神祕兮兮的情報活動，你說呢？間諜之類的，像是東方快車謀殺案。你認爲如何？」

「唔。」我不置可否。我也有過相同的想法，但是試圖壓抑這個念頭。不久之前，我發現自己爲一名領導某個不知名的美國地下情報單位的匿名人士工作，不是不肯說清楚，而是我根本不知道他的名字或單位名稱。從此以後，他好像認爲我是爲他工作，而我的確也偶爾如此。就因爲這個原因，比起一般標準，我常會有間諜情報的想法，但在這個案子裡，我排除了這些念頭。

但是——

「伊凡？」我抬起頭。「現在的情況是，有個女孩來到了倫敦，據我們所知，她在這裡什麼人也不認識。她有可能交到朋友，但是——」

「但是他們沒辦法得到她。」我說。

「什麼？」

「沒事，繼續說。」

「好的。我看不出有任何理由讓英國軍情五處去羅素廣場敲她的房門，你說呢？我也不認爲她會四處去找職業介紹所，同時，我猜想她沒有多少錢——」

「可能沒有。」

「——所以，我想，她有可能會回應《泰晤士報》上的人事分類廣告。你有沒有想過這個可能？」

「沒有。」我坐直身子。「我早該想到這一點。我們會需要八月分前兩週出刊的報紙，報社應該有存檔，還是有沒有圖書館——」

「寇特尼。」茱莉亞說。

「哎呀，當然了，」奈吉爾說，「寇特尼·貝德。」他轉向我。「有個老傢伙把每一期《泰晤士報》都保留下來，還有其他的報紙也是，大家叫他這種人是怪胎。事實上，他眞的很古怪，但沒什麼壞心眼。你想不想去走一趟？」

英國人有些文字比美國人用得好，古怪就是個例子。美國人用的瘋狂就無法貼切的來形容。

寇特尼．貝德很是古怪，他身型渾圓矮小，年紀介於五十到九十歲之間，看不出實際年齡，在劇院後台工作，獨自居住在離歐維克劇院不遠的蘭貝斯區一間地下室公寓裡，在這個四大房格局的寓所裡，他的生活就像是有條有理版本的柯立爾兄弟（譯註：著名的守財奴兄弟，從不丟棄任何東西。）。

他保留好些東西，有繩子、空瓶金屬片、劇場節目表、開不了鎖的鑰匙，還有大部分人都會丟掉的物件。他帶著超乎想像的驕傲展示自己的收藏，可惜，出乎他的預期，這一切並未引發我極大的共鳴。但是沒錯，他的確有報紙。倫敦十年來的所有報紙，整齊地依日期整理成疊。

「而且其中沒有一份是花錢買來的。」他說，挺出他的肚腩以強調這一點。「倫敦滿是傻瓜和揮霍成性的人，孩子。男男女女花個六便士買報紙，讀過一次之後就扔掉了。咱每天給自己找來一份報紙，沒有一份花掉咱半毛錢。」

「這些報紙你都讀過嗎？」

「噢，偶爾瞄一下。在星期一通常會看看星期日的《世界新聞報》。但不是爲了讀報紙，是爲了咱自己。」

我將所需要的報紙告訴他。要今年八月的毫不困難，他說，但如果要去年或前年八月分的，不消十分鐘，他也可以幫我們找出來。他把我們需要的幾份找了出來，奈吉爾和我將它們分堆，然後開始讀著冗長的徵人分類廣告欄，裡面有無數不知名慈善團體的募捐、怪異的編碼通告，偶有自稱模特兒的色情廣告、手相命理師、嚴格保姆，以及其他種種人士。最後，終於出現了：

徵年輕女子。冒險犯難和國外旅遊的良機，待優。應徵者需無家累，反應機靈。卡拉汀親自面試，葛雷波特蘭街六十七號，保密，勿張揚。

「其實也不見得，」奈吉爾指出，「有可能就是我們讀到的這些，你知道的，像是『徵求前往內陸的旅伴』這類的廣告。」

「雖是這樣……」

「沒錯，看起來大有希望。該死的，我得到劇院去了。如果你要我陪的話，我可以早上和你跑一趟葛雷波特蘭街。」

「我現在就去。」

「我實在不覺得他們還在營業。」

「我覺得他們有可能已經不存在了，」我說，「這就是我想知道的。」

葛雷波特蘭街上的這棟建築物，一樓是個錢幣和勳章交易商，其他的四層樓分別開立為各種小型辦公室，今天則全數息業。卡拉汀這個名字並沒有出現在一樓的信箱名冊裡，同樣也沒有出現在任何辦公室的門上。我在錢幣勳章店裡等著，一個小男孩和他的父親花了好幾個小時挑選小小的外國銅板，這要值上幾先令。這筆交易花了過長的時間，在交易終於完成後，店員知道我並不打算購買任何東西時，似乎鬆了一口氣。「卡拉汀，」他說，「卡拉汀、卡拉汀。你覺得會是一位卡拉汀先生，或是個公司的名稱？」我告訴他，他的猜測與我相同，高明不到哪裡去。「卡拉汀，」他再次說，「你說是八月。八月的前兩週。容許我離開一下，好嗎？我去問問我們的塔柏先生。」

他消失在店的後方，一會兒後再次出現。「麻煩你到後面的房間去，我們的塔柏先生可以見你。」

我們的塔柏先生有張紅通通的臉，以及一對罕見的大耳朵。他坐在一張可以蓋闔的書桌前面，把錢幣浸到一杯透明的液體中，再用軟布擦乾。先不管這個可以成功地將錢幣變得銀光閃閃的溶劑是什麼東西，卻早已將我們塔柏先生的手指尖給染成了深棕色。

「卡拉汀，」他說，「從來沒見過這位先生，但是我記得這個名字。這個夏天吧，我想，他在這裡的時間沒有多長。你有沒有試過去問房東？」

我還沒去問。他給我一個名字，以及地址和電話，我向他道謝。他說，「你不是個收藏家吧，是嗎？」我承認自己不是。他咕噥著，繼續浸錢幣。一路出去時，我向店員道謝，然後從街尾的電話亭撥電話給房東。

應對的聲音明確地聲稱，我要找的男子不在，而且沒人知道他什麼時候會回來。我想了一下，再次撥了電話，說自己是私家偵探，想知道他前任房客的行蹤。同一個聲音自我介紹，說他就是房東。很明顯的，他在躲一些希望重新粉刷辦公室的房客，房東畢竟是房東，全世界都是一個樣。

他說出了我想要的資訊。一位史邁斯—卡森先生在七月底，用卡拉汀進口公司的名稱租下三樓的一間辦公室，預付了一個月房租，在當月還沒結束之前就離開了，也沒有留下任何轉寄地址。

遵循形式，我在電話簿裡找尋史邁斯—卡森的電話，毫不訝異地發現他的名字並不在其中。

有些夜裡，我會羨慕那些得以入眠的人。二次世界大戰後，來自北韓的榴霰彈碎片一路鑽進我的腦袋裡，碰到一個叫做睡眠中樞的地方之後，自此我就進入了永久的失眠狀態。這件事發生在我十八歲，到了現在，我幾乎記不得睡眠的滋味。

過去的幾年中，科學家對睡眠產生了興趣，他們試圖找出人們之所以會睡覺的原因、夢境的影響，以及阻止人類睡覺和做夢的結果。我約莫可以回答他們幾個問題。當一個人不能睡覺和做夢的時候，他會欣然去相信各式各樣已經失落的理想，鑽研成打的語言，一天吃上五、六頓飯，以生命來提供其他人在夢裡尋找的幻想元素。每個失眠患者的狀況可能不盡相同，但是我所認識的這個絕對失眠患者就是如此。我了解，而且絕大部分的時間裡我尚稱滿意，畢竟，如果能妥善安排，與其浪費八小時來睡覺，何不消耗所有的二十四小時來保持清醒？

然而，如果純粹爲了從完全無所事事的一天度過到第二天，而睡眠正提供了一個加速時間的方法時，那麼，睡覺也可以是一種樂事。現在就是那種時刻。奈吉爾和茱莉亞各自回到他們的臥室。在倫敦，我不想與任何人見面，尋找史邁斯—卡森和卡拉汀的事只能等到明天。同時……

同時如何？

同時我洗過澡，刮了臉，穿上尚稱乾淨的衣服，喝著加了牛奶和糖的茶，煎了一些培根蛋，讀了幾段《一九五四年最佳戲劇》選集（其中沒有任何佳作），躺在地上伸展背脊，做了二十分鐘瑜珈舒緩鬆弛動作。這些動作包括使肌肉群輪流收縮及放鬆，再經過精神訓練，讓自己的腦袋整個放空。這次，讓腦袋放空比以往來得容易，因爲打一開始，我的腦袋裡就幾乎是一片空白。

接下來，我讀了五十頁艾力克・安卜勒一本早期的小說，讀到這裡就已經記起了結局爲何。然後我拿起當天早上已經讀過一次的倫敦《泰晤士報》，通常讀一次就已經夠了，瀏覽過橋牌棋局專欄和園藝新聞之後，翻到人事分類廣告。看到一半，我才想起自己看這些人事分類廣告是有特殊理由的，在第三欄的中間部分，我找到了這個理由：

如果你未滿四十，未婚、聰慧、具冒險精神，無所拘束可以旅遊，機會正等著你！

請勿向他人提及這則廣告，並請親洽潘桑斯出口公司，馬里波恩區培罕巷三十一號。

「這當然又是史邁斯—卡森了，」隔天早上，奈吉爾這麼說，「幾乎是相同的訊息，不是嗎？他沒再提起高薪和有——」

「而且他不再用卡拉汀，改用潘桑斯。」茱莉亞加進來說。

「而且毫無疑問的，用別的名字取代了史邁斯—卡森。他找了新的辦公室，但是沒有離開馬里波恩區。找不知道培罕巷在哪裡，伊凡。茱莉亞你知道嗎？」

我說了，「我昨晚去了。」

「我猜，沒人在。」

「沒錯，那棟樓鎖了起來。」我早猜到會這樣，但是我在凌晨三點半才看到那則廣告，而且在奈吉爾和茱莉亞起床前有四個小時要消磨，再說，有時候毫無意義的活動也比無所事事來得強。

「所以說，不管他之前做了什麼——」

「他重回江湖。」我說。

「我眞納悶是什麼事。」

我站起身來。「不管是什麼事，我都要及早得知，而且還要知道菲德菈發生了什麼事，並——」

「要怎麼做？」

我俯視茱莉亞。「怎麼著，我想，就直接問他。」

「但是你不覺得他會來個拐彎抹角的嗎？」我滿臉困惑。「對不起，你們美國人說的是『他會隱瞞欺騙』吧？」

「噢。」單一語言分隔的兩個國家。「我想，他應該在從事某種非法勾當。噢。」

我慢慢點頭。「過去幾天，我一直模糊地假設菲德菈去旅行了，或是接下了某個合法的工作之後，才出了差錯。但是，我把她的相片給旅行社或職業介紹所看過，以她的兩個名字去查訪，滿心期待能以正當問題得到些正當回應。這個方式對史邁斯—卡森行不通。」

「你可以報警。」奈吉爾建議。

我考慮這個提議。但是如果史邁斯—卡森從事非法勾當，或是操弄某種外來陰謀，那麼菲德菈牽涉其中，肯定最好不要引起官方注意。再說，我不太確定自己在警察面前的立場為何，他們有可能對我出現在他們的國家感到不悅。

「如果你願意，我可以過去看看，」奈吉爾繼續說，「假扮成蘇格蘭場的探員。我常扮演這種該死的角色，而且我的鬍子也滿適合這個身分。還是你覺得這只會打草驚蛇？」

「有可能。」

「要不，我可以變裝成女人，四十歲以下的未婚女性，但我總覺得這經不起考驗。你可能要研究看看，伊凡，說是幫你的女性友人詢問這個工作之類的，自己去試試那個男人——」

茱莉亞說話了。「你們倆顯然忽略了最明顯的一件事。」

我們看著她。

「你們應該派遣一個四十歲以下的未婚女子，來調查究竟發生了什麼事。幸好我認識這個女孩，她有一些實務經驗，一般人認爲她才貌俱佳，而且充滿冒險精神，」她站起身來，才洗淨的臉上帶著淺淺的笑容，眼眸裡神采跳躍。「小女子在此自願爲您提供服務。」她說。

於是我們兩人理所當然地告訴她，這主意有多麼荒唐，更別說會有多危險，又有勇無謀。我們指出可能危急她自身安全的各種可能，還向她強調，絕對不會讓她用這個方法拿自己開玩笑。

接下來，當然就是在三小時之後，我在培罕巷的一間茶館透過窗子往外看，等著她從對街的潘桑斯出口公司回來。

「這的確能重建一個女孩子的信心。」她說。我們在離潘桑斯出口公司幾個街區之外的里昂街角餐廳用午餐。「一個人靠偶爾在鬧劇裡扮演服務生的零星酬庸，加上祖上微薄的遺產和長兄的慷慨來度日，就自以為經濟十分獨立。我經常在夜裡自我安慰，想像著如果時機變壞，我總還是可以厚著臉皮過下去，但是，會有誰會要我呢？」

「我會。」

「喔？」她優美地揚起眉毛。「你可以當我職業生涯的第一位客人，我保證。」腔調立刻轉換成不優雅的東區語調。「賞個小錢吥，老闆？」她笑了。「我離題了，不是嗎？溫德罕—瓊斯先生雇用了我。他似乎特別偏愛複姓。那個粗俗的人用梅菲爾區上流社會的腔調說話，儘管如此，還是有白教堂區的貧窮影子。」

「他雇用了你。」

「那當然。」她突然露齒一笑。「我眞希望你能在場，伊凡，希望奈吉爾也在。每次我登台，而他留在家裡時，就令我覺得糟透了，更何況這一次的演出是我的事業代表作。我用約克郡的腔調演出，」她示範著，「然後說老父親剛過世，我算是孤單一人在世上，而且剛到倫敦，極想旅行。我裝做天眞無邪，與愚蠢只有一線之隔，但是我試圖讓他覺得我自有計畫，不像是會對別人洩密的人。」她嘆口氣。「成功了。我在週末就要出國，花三個月的旅程到中東去，所有的支出都可報帳，行程結束後，還會領到三百鎊。」

「中東。菲德菈的卡片來自巴格達。」

「沒錯。令人愉快的任務。讓我來告訴你，複姓溫德罕—瓊斯先生會假冒考古團隊的領隊，帶隊前往土耳其和伊拉克，眞的是考古行程。但事實上，和他一起旅行的六、七個女孩們不是他的團員，而是僱員。換個更精確的說法，是某個地區某個不能說出名字的大型石油公司僱員。我們的首要差事，是要蒐集重要資訊和進行必要的聯繫。這是不是妙極了？」

「絕妙的程度比可信度要高。」

「沒錯。我想，你對他眞正的把戲應該還沒有頭緒吧？他知道我身無分文。我閱讀探險小說，所以想到了所有會發生的可怕情節，但是這實在沒道理。」

「六、七個有著美貌但口袋空空的女孩。也許他性喜漁色。」

「我想，只是癖好罷了。通常我可以看出男人在這方面對我的反應。比方說，你就有反應，不是嗎？」

「呃……」

「怎麼著，你竟然也會啞口無言！這眞令人安慰，因爲我對你也有相同的反應。但是這位複姓先生，我看著他打量我，裁定我是否吸引人，卻沒帶一絲個人色彩。他也許可以從撕裂我的喉嚨中得到樂趣，但這恐怕是我唯一能帶給他的樂趣。」她打顫，然後很快地又笑了。「這是意指心寒或心悸的戲劇表現。複姓先生給我的感覺，就像是惡魔的化身。」

「我等不及了！」

「稱讚我的機智吧。我告訴過他我身無分文，於是再加強了這一點，先向他要十鎊做爲部分的付款，他託辭說皮夾放在另外一件長褲裡。這傢伙相當容易看穿，我不相信他還有另一條褲子，更別說是十鎊閒錢。傍晚八點半，我要去他的公寓找他，屆時他會把那十鎊，以及工作申請書交給我塡寫。」

「你拿到地址了嗎？」

「蘇活區歐坎頓街。」

「你當然是不會去的。」

她起身。「我們回公寓，伊凡。我今天晚上要去歐坎頓街，但是我那該死的哥哥會和你同聲抗議，我寧願省點時間，和你們兩個同時爭論。」

這場爭辯算不上勢均力敵；她自有邏輯，奈吉爾輕易地就被說服，而我則不太能承受爭論。我原本打算代她赴約，但老實說，他沒道理放我進門。另外，他可能會有同夥，這讓我們占不了優勢。

有了茱莉亞的掩護，我們得以雙邊下注。她可以打訊號讓我知道她獨自一人，我可以在走廊等著，當他讓她進屋裡時準備進入。再說，不管他的意圖爲何，她也不會有任何危險，我會像狗兒般蜷伏在走廊上，如果她尖叫出聲，我隨時準備破門而入。

茱莉亞說，「但是假如他不肯說呢？」

我們看著她。

「他也許不會說，你們知道的。這就像走進他的辦公室，拿著照片在他眼前晃，不是嗎？」

「伊凡會帶槍，親愛的。」他轉向我。「我可以幫你在道具室裡拿把槍來，不能發射，但我想你也不打算射殺任何人，這槍保證看來絕對具有威脅性。」

「但是，假如他拒絕說，那要怎麼辦？」

「那伊凡會叫他說的，寶貝。」

「噢，少來了，那是電影的對白。我可以想像複姓先生發狠，但是伊凡不是那種粗暴的人。」她將手放在我的臂上。「你是嗎？」

我想起一個名叫寇塔采克的男人，他是個年老體衰的斯洛伐克納粹，不肯說出自己將全球新納粹活動的名單藏在何處。是花了些時間，但他還是告訴了我。在那個事件之前或之後，我都從來沒有如此殘忍無情過，但是話說回來，我也從來沒有面對過如此殘忍無情的人。

「粗暴？」我說，「每個人都粗暴。」

「噢，伊凡，行行好！每個人都粗暴，都殺害他們所鍾愛的人，生命如此眞實、如此嚴肅。你知道我的意思的。」

奈吉爾觸碰她的肩頭，他警衛式的鬍鬚倒豎著。「你想太多了，寶貝。」他靜靜地說。「以暴制暴。我有個感覺，你的複姓先生會將伊凡希望知道的事全告訴他。」

3

歐坎頓街不是一個站著等人的好地方，位於蘇活區，介於格林威治村和提華納區之間，狹窄的街道充斥著義大利餐廳、脫衣舞孃俱樂部、情趣用品店以及妓女。我站在一間可怖的酒吧前面，就在我們複姓朋友住處的對面。我已經判斷出他的公寓就在建築物前棟的三樓，或說四樓，英國人和美國人的說法不同。反正得要爬上三層樓梯才能到。

一名穿著細格子夾克的矮小男子急切地硬要和我說話，這立刻成為一個站在人行道上的好藉口。在他叨絮著犯罪型錄時，我站著等待茱莉亞搭乘的計程車。「找女孩嗎，是吧，老兄？蘇活區到處都是女孩子，但得先找出合你口味的。你也知道，乾淨的好女孩，年輕白人，剛進這行不超過兩個月的。找到不乾淨的沒有用，但是怎麼選都和錢有關，很年輕很漂亮的——」

我將雙手放在口袋裡，兩個口袋各有一把槍，但是沒有任何一把足以造成重大傷害。小一點的那把發射空包彈，而看來較為逼眞的那一把，則只是一塊鑄鐵罷了。奈吉爾讓我選，我決定兩把都帶。

「想看看小電影嗎，老兄？一場只要五個鎳幣。美國佬，對吧，你啊？你們的錢算來是十二美元。特價日，不是嗎？一整個小時的電影，有些是新片，也有些是彩色的，內容有一男一女、兩男一女、一男兩女、兩個都是女人、女人和狗、女人和——」

一輛計程車開過來停在我監視中的建築物前方，茱莉亞走出來，遞了些銅板給司機，接著她走進建築物裡，計程車在原處等。如果複姓先生獨自一人，她會打訊號給司機，也讓我知道。

「希望你不要覺得被冒犯，老兄，就像大家說的，每個人各有所好，你會想要來個男孩嗎？你看來不像，但是我都會問一下，還有——」

我把下巴埋到大衣領子裡，壓低聲音，把美國腔改成英國腔。「我是特別部門的，」我低語，「通常我們不想在皮條客身上多費心，但是假如你不快點滾開，我可能會把你當成例外。」

說話時，我的眼睛朝地上看著，等我往上看時，他已經走了。我朝較遠的角落走去，穿過街道，走回幾分鐘前茱莉亞踏入的門口。似乎沒有人特別注意，我往裡面走。門廳的牆壁上陳列著約莫半打三乘五大小的資料卡：模特兒、法國模特兒、西班牙模特兒，卡上有姓名和公寓號碼。我納悶地想，眞正的模特兒究竟如何稱呼自己。

一、二樓的公寓裡完全只住著模特兒。三樓有兩戶公寓，一戶是我們的朋友，另一戶是名爲蘇賽特的模特兒。我猜想她對使用蘇賽特這個名字的資格，就跟名叫溫德罕—瓊斯這名男人使用該名字的方式相同。我把耳朵貼在他的門上，聽到了聲音，有他的，有她的，但是無法辨認出他們在說些什麼。我後退一步，接著蘇賽特的公寓門在我身後打開，一名男子走了出來，蘇賽特緊緊跟在他身後，要他盡快再回來。我轉過身去看他，他避之唯恐不及，好像我是他岳父的代理人，接著迅速衝下樓梯。我轉過頭看蘇賽特，後者鮮紅的艷唇揚起一抹微笑，一隻眼眨了眨。

「希望你沒等太久，愛人，」她說，「以他花的時間來算，我應該以小時計費。」她的發音有些問題。「好啦，別害羞，到裡面來，我們來熱絡熱絡。」

她穿著一件與口紅同色的亮眼浴衣，臉上厚厚的妝讓人無法猜到她素顏的樣子。她看來糟糕透頂。

「我在等朋友。」我說。

「是嗎？」再次眨眼。「進來裡面，我們一起等。」她矯揉地踏著小步走到我這邊，「蘇賽特讓你知道什麼叫做好時光，寶貝兒，沒什麼好害臊的。」

我有種可怕的感覺，一待她靠得夠近，就會一把捉住我的褲襠。我伸手探入內袋，拿出美國護照，啪一聲打了開來，然後在她面前晃過。

「老天，」她說，一隻手比向自己的喉嚨，「我不過是個該死的模特兒，這是個受人尊重的職業——」

「第五小隊的。」我說。我完全不知道那是什麼，也不知道這個單位是否存在。「我正在支援我的同伴，他在樓上。你最好留在裡面。」

她的雙眸圓睜。「出了什麼事？」

「有間諜。」

「俄國人嗎？」

我聳聳肩。

「該死的共產黨。」她說，打開門鑽進去，然後再次出現。「你結束以後，」她說，「可以進來喝杯茶。」然後好心地關上門，而我則把護照收了起來。

我在那裡繼續站了五分鐘，這期間有個侏儒走下樓梯，經過我的身邊。我試著不要去想他去了哪裡或做了什麼，接著就聽到複姓先生的門口有腳步聲接近。我雙手插入口袋裡掏出槍，決定用那把空包彈槍，然後站在門的牆邊。

裡面傳來門閂拉開的聲音，接著門把轉動，他打開門，幫茱莉亞拉著。她一出來我就走了進去，槍口指著他的人中。

「好，」我說，「現在往後退。關上門，茱莉亞，後退，朋友，你慢慢轉過身子，雙手舉高。」

他往後退，雙手高舉，但是沒有轉過身子。他身高與我相仿，比我年輕個八歲十歲左右，而且重上個好幾磅。我立刻看出茱莉亞所謂他的眼神。這雙眼睛冷酷渾濁，極爲缺乏深度。對我來說，紐約的男孩子們要是有這種眼睛，就表示他們很會用刀。

慢慢地，他的雙手往下放。「不像，」他說，「你不會開槍的，不是嗎，老兄？」我傻頭傻腦地想，這些俚語押韻：老兄，兄弟。「你不是警察，這裡也沒東西好搶，你究竟是什麼該死的人？」他朝我向前走一步。「最好把那東西給我，免得你傷了自己。」

於是我對準他的肚子開了一槍。

這聲響聽起來不太像卡車逆火，而是像一把點三八口徑的自動手槍。有那麼一下子，感覺起來應該也相同，因爲他像是被槍擊般往後倒去，恐怖地瞪著肚皮上那處如果眞有子彈就應該會射入的地方。

我掏出另外一把鑄鐵打造的假槍抵住他的頭側，這時他的臉色開始露出一種表情，這才明白自己並沒有中槍。

我轉向茱莉亞。她張著嘴，呆若木雞般地站著，像是一尊寫著「驚愕」的銅像。「到走廊上去，」我說，「你想知道槍聲從哪裡來：聽起來像是從樓上來的。記得，你是個好演員。動作快！」

她表現絕佳。我在她身後鎖上門，傾聽外頭的嘈雜聲響，同時將複姓先生妥善地綑綁起來。屋裡有一把結實的木製扶手沙發椅，我把他移到上面，用一捲掛相片用的金屬線將他緊緊綑在座位上，雙手縛在扶手上，雙腳和椅腳綁在一起，身子的其他部分則緊貼在椅背和椅座。我手忙腳亂，這個工作又不是我最喜歡的消遣，我連聖誕禮物都包不好，更何況是個活生生的人。我的成果足以讓逃脫大師胡迪尼斷了腳筋，但這不是我的原意。我只想要在詢問過程中，將這個小丑固定在一處。

外頭的騷動逐漸升高後又安靜下來。警察沒有出現，再說，這群人主要不是妓女就是嫖客，沒有一個人會熱心干涉任何事情。我聽到蘇賽特說到有關下流該死的蘇俄人，應該沒人注意她。當完全安靜下來之後，茱莉亞輕輕敲門，我讓她進來。

「槍裡有空包彈。」她說。

「你不知道嗎？」

「我怎麼會知道？老天爺，眞嚇人，不是嗎？我的頭髮是不是突然白了？」

「沒有。」

「還眞不簡單。我想他清醒過來了，伊凡。」

的確是，他的眼睛輪番看著自己身上的束縛，看著我，接著是茱莉亞，徒勞無功地搖動椅子。他再次看茱莉亞。「該死的小賤人，」他說，「我就覺得理想得過了頭。」

我要茱莉亞搭計程車回家，她叫我別傻了，她和我一樣急著想知道他要說些什麼。我說奈吉爾會擔心她，她告訴我奈吉爾在劇院裡。

「你可能不會喜歡這種事。」我說。

「噢，我會喜歡的，伊凡。」

不知名先生抬頭看我。「伊凡斯，呃？你好嗎，伊凡斯先生？」他聽來毫不沮喪。

「你用什麼東西射我？」

「空包彈。」

「一發該死的空包彈。」他笑了。「這倒好。我會記得的，我會的。」

我拖出一張折疊椅，坐在他面前。「你還得記得一些事，從你的名字開始來。」

「溫德罕—瓊斯，伊凡斯先生。」

「不是史邁斯—卡森嗎？」

「那是誰，伊凡斯先生？」

我閉了閉雙眼，然後說，「你得告訴我一些事。先告訴你，我對你完全沒興趣。有個叫做菲德莅．哈洛的美國女孩你可能認識，並且以爲她的名字是黛博拉．霍洛維茲。」我將照片拿給他看。「我要知道她在哪裡，發生了什麼事。」

「爲你服務是我的榮幸，」他高興地說，「我們再看一次照片。」他專注地瞇起眼睛，然後微笑。「幫不上忙，伊凡斯先生。我這輩子沒看過她，一點也不面善。抱歉，也沒聽過這個名字。」

他的左臉頰挨了我一記槍托，他的臉撇向另一側。我聽到茱莉亞倒抽一口氣，但是這位挨了一記的先生沒發出任何聲音，微笑回到他的臉上，雙眼閃爍著同樣冷淡的光芒。他說，「兩、三個小時以後，我臉上會有瘀傷，既藍又紫。」

「那名女孩。」

「我還是不認識他，伊凡斯先生，我的記憶並沒有變好。」

我反手出槍，這次打到他的右臉頰。我知道他會閃，於是出手更重。「現在兩邊對稱了。」我說。

「噢，這下我可是帥呆了。」

「玩這個，我可以熬得比你久。」

「噢，是吧？」他的雙唇緊閉，聲音轉爲冷硬。「你這該死的渾蛋，我不是沒見過場面。你沒種殺我的。殺了我，你才學得會你的第一個美國把戲。我會坐在這裡接招，你可是會害怕到吐。」

我舉起槍，他的臉部肌肉甚至沒有抽動。我站起身轉向茱莉亞。她站在門邊，看起來不堪一擊。這實在沒道理，我們把這個該死的傢伙綑起來，結果他卻控制了場面，同時茱莉亞看起來十分脆弱，讓我覺得無能爲力。我深呼了幾口氣，集中注意力，幻想菲德菈裸身受虐遭到火刑。我想要激發內心深沉的怒氣，但就是不成功，這種情緒無法呼之即來，施展念力也喚不來。

於是我對茱莉亞說，「看到問題在哪裡了嗎？你早先就說過了，我不是那種具有威脅性的人，不殘暴，形象不對。」

「伊凡——」

「如果現在是我在椅子上，讓這個小丑來問我問題，他甚至不用動手。複姓先生的一個怒視就可以讓我唱得比一屋子的閹人歌手還要響亮。」我想了一下。「回家，」我告訴她，「你不會想看的。」

「我哪裡都不去。」

「回家，現在就去。」

她搖搖頭。

「會有令人不舒服的場面。」我若有所思。我離開房間，漫步到公寓的其他部分。我曾經懷疑，究竟是什麼樣的人會住在妓院裡，公寓裡其他的房間回答了我的問題。這裡是妓女住的，複姓先生在晚間借用她的地方。衣櫥裡有女性的衣服，臥室及浴室裡有著亂七八糟瓶瓶罐罐的化妝品。我翻弄廚房的抽屜，終於找到一把介於一般小刀和切肉刀之間的工具。我猜，這應該是用來剁萵苣心用的。

我從浴室櫥櫃裡拿來一捲膠帶，撕開近十條六吋寬的長膠帶，把它們黏成一片方塊狀，再回到公寓的前面房間。他仍然與我離開的時候沒有兩樣。

「最後的機會了。」我說。他回敬我一句話，讓我解決自己，然後我把方塊膠布貼在他的嘴上。

「那是什麼，伊凡？」

「蓋住他的嘴巴，這樣他才不能叫出聲。」

我左右拗擰著一段掛相片用的鐵絲，直到鐵絲斷掉。這段鐵絲的長度足以繞著他的右手食指纏五圈，當我這麼做的時候，茱莉亞開口問起這有何作用。

「止血帶。」我說。

「做什麼用？」

「在我切掉他的指頭時，才不會流血。到別的房間裡去，茱莉亞。如果你不想回家，可以不走，但是請離開這裡。」

她走了開去，離開時我瞥見她臉上的表情，有些作嘔。我拿起刀，看著複姓先生。我說，「你覺得我在唬人，但是你又不確定。你可以賭，如果輸了，賭注就是你的指頭。準備說話了嗎？」

他的眼裡第一次失去令人發瘋的鎮定神情。

他點頭。我扯開膠布。「最後的機會，」我說，「好好利用。」

「你會剁掉我的指頭。」

「對。」

「把鐵絲拿掉，老兄，我整隻指頭在抽痛。」

「說。」

他沉重地嘆口氣。「是我設的騙局，一個走私的騙局，小妞們幫我走私。這是個好掩護，六個寂寞的小妞自尋死路。」

「說下去。」

「可以來根菸吧，老兄。」

「可以不要抽。你帶走那個女孩，接下來發生什麼事？」

他的臉色陰沉下來。「該死的事情搞砸了。被條子捉個正著，六個女孩又哭又鬧被帶走。」

「你呢？」

「用錢把自己買出來。也想把她們弄出來，但是沒有那麼多現金。」

「這是在哪裡發生的？」

「土耳其，安卡拉。我們帶槍進去，本來可以換黃金出來，但是該死的——」

我沒能知道最後那一句「該死的」意指爲何，因爲我把膠布啪一聲貼回原處，打斷了他的話。我說，「你實在非常蠢。你不知道我曉得多少事情，這不是騙我的好時機。

你一開始就是個糟糕透頂的騙子。這辦法行不通，從現在開始，你得認了。這個謊言要你付出一隻指頭做爲代價。」

他奮力掙扎，整個身子硬綳綳的，有那麼一下子，我以爲他會掙脫鐵絲。但他沒有。

我從止血帶下方大約半吋，他第二個指關節上方處切下去。幾乎沒有流血。他的視線沒有移開。眼看著我成功地把指頭從他手上切下來，臉上逐漸失去血色，然後靜靜地昏過去。

「從你講話的方式，臉部的表情，還有其他的，我可沒有意料到你會如此，尤其沒想到出自你這美國佬。」他的語氣柔和又驚奇，好像才剛在電視上目睹什麼特異的事物，比方屠夫在切割牛肉之類的。

「我告訴過你的。」

「不是說你沒講，但是，該死的耶穌基督，你可以講個不停，但我還是不會聽的。你知道嗎？我手指痛吶。你究竟該死的爲什麼要這麼做？我說痛，是指那原來長著指頭的地方。像空氣在痛，就是那個如果沒被你切掉，還長指頭的地方。如果不是這麼重要的指頭，我是不會介意的。比方說，左手的小指。」他慢慢地左右搖頭。「是你用棍子打我，還是我自己昏過去？」

「你昏了過去。」

「我也是這麼想。我這輩子還沒昏倒過。而你只管坐在那裡，跟沒事人一樣。」

「沒有，我到其他房間去，很反胃。」

「是嗎？那如果我現在不說，或是不說實話，你會再來一次嗎？」

「下次會剁大拇指。」

他再度嘆氣。「你沒那麼狠吧？接下來呢？」

「發揮你的想像力。一隻眼睛，一隻耳朵，我也不知道。」

「眞他媽的該死。想想看，如果有哪個條子採用你的台詞會如何。他們根本不用把哪個傢伙關起來，就可以讓他說出所有他們想知道的事。這樣就可以不用蹲牢房了，對吧？想想看，如果哪個倒楣的扒手指頭被剁掉會怎麼樣？這樣就沒有犯罪了，不是嗎？」

他大表驚嘆。我想著，的確，這會是個創舉，足以把大英帝國的刑事法送回到十六世紀。

我說，「那個女孩。」

「噢，你現在可以知道整個故事了，老兄。這騙局很有甜頭的。我去年計畫了兩場，然後這個春天一次，有你那妞兒的那趟是在八月成行的。怎麼做呢，你瞧，先要吸引那種在世上孤單一人的小妞。她們全都會來倫敦，你也知道的。也許在愛爾蘭有個老媽，但是她們從不寫信過去，也許在吉奧地有個老處女阿姨，或者根本無親無戚。其他的應徵者就可以趕走啦，說是已經找到人，就像趕走無賴一樣。她們不一定得漂亮，但你也知道，太胖太瘦或太老都不好。」

「繼續說。」

「然後，召集了六、七個，不多不少，然後就編個故事哄她們。第一次我說要去盜墓，每個人都可以分贓。並沒有那麼具說服力，我準備妥當，你知道的，但是有幾個臨陣退卻了。」他突然微笑。「這是我從唯一另外一個設這種騙局的傢伙那裡學來的，我們在布羅摩爾飯店一起待過一段時間。那之後有人餵他吃了一顆子彈，所以我是唯一知道這事的人了。之後找編了個比較好的故事，比較像是間諜說法，〇〇七詹姆士・龐德之類的，然後——」

「我知道故事。」

「噢，那好，你的妞兒告訴你了。好，我試探過她們，然後讓她們發誓保密。這些小妞最喜歡的就是有人交付祕密給她們，特別是那些迷失、孤單的妞，反正這世上也沒有什麼人可以說話。一旦她們發誓守密，你也找到對的合作對象後，就帶她們飛到伊斯坦堡，那在土耳其。」

「我知道。」

「把她們全裝進路寶越野車裡，朝東邊開去。這是她們的美好時光。帶著這些一輩子沒離開過倫敦，或是三十年來都待在康瓦爾郡農舍裡的女孩子們到那個地方，她們享受了美好的旅程。土耳其、伊拉克、波斯。我不會催促她們，會讓她們好好觀光，然後就朝西邊一直過去，一直到喀布爾。那是在——」

「阿富汗。」

「你說的對，阿富汗。在我那好兄弟帶我玩這套騙局之前，從來就沒聽過這個鬼國家，更別說什麼該死的喀布爾了。只要直接朝那裡去就好了。沿路路況有幾段很糟，上回我還帶了些備份的水，可以用汽車散熱器加熱，但那是唯一的問題。穿越國界就像走進房子一樣安全，準備好我自己和那些妞兒們的護照就可以了。你得事先確認好，那些妞兒們有帶護照，還要有簽證。過海關不是問題，瞧，又沒有走私，只帶著一隊妞兒。」

「然後呢？」

「然後就到了喀布爾。」

我看著他，有種感覺，好像自己沒有抓到重點。他現在沒有撒謊。不知怎麼搞的，但是我剁他手指的舉動將我提升到值得尊敬的地位，他似乎很驕傲地在訴說騙局的細節，就像是展示成堆舊報紙給我看的寇特尼．貝德。

「我不懂，」我說，「你和那些女孩子們上床嗎？」

「那些妞兒？」他皺眉表示不滿，想了一下。「我猜有些傢伙可能會想。有些人可能想死了，但是我不會這樣搞上任何妞兒。」

「那你到底拿她們怎麼樣？」

「噢，少來了，」他說，「你沒那麼遲鈍吧？現在你自己可以想到答案。你在喀布爾，身邊帶著六、七個女孩，你會怎麼做？」

「我不知道。」

「怎麼，你出售她們，你還不懂嗎？要不然你該死的要拿她們做什麼？」

我說，「你把她們賣掉。」

「想想看，你還猜不出來！他們叫這些做白奴隸，每一個都可以讓他們付出上千的金額。也就是說，跑一趟就賺個六、七千，再加上把路寶越野車賣掉的利潤，扣掉她們飛到土耳其的費用，一趟你還可以賺個五、六千英鎊。一年玩個四回合，嘿，然後——」

「等一下。你把她們賣掉，誰會買？」

「一個叫做阿曼努拉的男人。一個白髮及肩的中東醜巴怪佬。他從不講價，一次也沒講過。」

「這些女孩會怎麼樣？」

「用她們來賺錢，當妓女。他們那裡缺貨啊，你知道嗎？」他短短一笑。「想想看，帶一船妓女來蘇活區，然後想辦法賣掉，就好像帶煤去產煤的新堡銷售一樣。」

「這麼說，她們工作地點在喀布爾？」

他聳聳肩。「這你就問倒我了。現在想起來，我認爲不是。我想她們被運到小妞缺貨的地方，像是礦區之類的。你知道嗎？我從來沒去想。一旦賣掉之後，她們對我就沒意義了，跳上飛機，嘿，我又是荷包滿滿地回到了皮卡迪里區！」

當他加上一些細節的時候，我坐在他身邊，腦筋一片麻木。我適時點頭，適時提問，試圖說服自己，這一切都是眞的，不時看看地板上他的食指。它看起來像是廉價商店裡和塑膠狗屎及玻璃珠一起擺著販賣的塑膠玩意兒。指頭不眞實，其他事情也好不到哪裡去。

他告訴我，在上次的旅程之前，他和這些女孩從來沒有出過問題。其中兩個女孩，菲德菈和另一個來自密德蘭的農村女孩可能聽到了些什麼，他在巴格達逮到她們想逃進英國大使館。「只好給她們下藥，還要讓她們在後續行程裡昏昏沉沉的。我告訴其他女孩說她們發燒生病。那趟還花了些錢，好去賄賂邊境的工作人員，但其他人從來沒有發現過。」

我盤問他有關於阿曼努拉，以及如何找出這個人的更多細節。他最後才搞清楚，我眞的打算去阿富汗，還要把菲德菈給救出來。我想，這比失去手指還要更令他驚訝，他一直以爲我想要搶他的生意。

「你一定只是說說罷了，」他說，「你絕對找不到她的，他們也不會讓你奪回她。她已經被賣掉了，你還不懂嗎？噢，你可能可以將她買回來，但是她在經歷那種生活幾個月之後，還有什麼價值呢？她們在那裡撐不了多久的，瞧瞧。這就是爲什麼他們會固定需要新鮮的妞兒——」

我想到菲德菈，我的小菲德菈，霍洛維茲媽媽的菲德菈。甜美的處女菲德菈，和我同住了一個月，完整無暇地離開。我曾經告訴過她，這樣保留自己是不合邏輯的，守住童貞也得要有目的才是。

菲德菈如此保留結果又是爲了什麼呢？阿富汗的妓院嗎？

我站起身來。這個我仍不知姓名，也根本不在乎的複姓先生嘴裡還說著話。我沒有聽。我找到方形膠布，貼回他這張可怕的嘴上。

茱莉亞在臥室裡。她靠在遠端的牆上，雙手環胸抱著自己，靜靜地發抖。她看來像是某些相片中裡的安妮·法蘭克（譯註：《少女安妮的日記》作者，二次大戰期間受納粹壓迫的猶太少女。）。

「你聽到了嗎？」

她點頭。

「我要你現在就去走廊，好確定我走出門時沒有人在附近。出去，然後關上門。我再過一下子就會準備好，然後我會敲門。如果外面沒人，你回敲，我再出來。」

她再次點頭，神色僵硬，然後抓起皮包往前面房間直直走過去，沒看他一眼，就出門了。我走到他身邊，撿起刀子，但是這不夠好。我把刀拿進廚房，換了把更尖銳的刀。

他一點也不喜歡這把刀的外觀。

不是存心，但是我仍然殘酷地花了好幾秒站在那裡，心想著該說些什麼，結果沒辦法、也沒理由嘗試開口。於是我把刀刺進他的心臟，再抽出來，接著第二次插進去，把刀留在原處。

4

阿富汗境內有二十五萬平方哩的山區地形，伊朗位於西側，南側及東側則與巴基斯坦爲鄰，北方的鄰國有土耳其、烏茲別克，以及塔吉克蘇維埃社會主義共和國（譯註：本書出版於一九六八年，塔吉克當時隸屬蘇聯。一九九〇年，共和國最高蘇維埃發表主權宣言。一九九一年八月底改名為塔吉克共和國，同年九月始宣布獨立。）。人口只比一千五百萬略多，其中一千三百萬居住在大喀布爾地區。幣值單位爲阿富汗尼，主要的語言有阿富汗語及波斯語，伊斯蘭教爲主要宗教信仰，最重要的牲口有駱駝及羊隻。位於國土最東北邊，同時也是全國最高峰，高度有海拔兩萬四千五百五十六呎的興都庫什山，生產少許金礦，境內四處還有豐富的煤礦及鐵礦，主要河流——

如果各位有興趣，請逕自參閱漢蒙獎章地圖集，這正是我以上的資料來源。奈吉爾有這麼一本，我將那個夜晚的時間一分爲二，一半花在地圖集上，另一半則花在不如想像中來得暖和的爐火旁。

午夜時分，奈吉爾和茱莉亞各自就寢。在此之前，我們之間的談話既勉強又不自在。沒有人想要詳論歐坎頓街公寓後續的發展，然而思緒又不容易轉到別的事情上，我們終究還是矯情地討論了毫不開化的白人奴隸這個觀點，以及我所能採取的可能行動。

話題一度侷限在「試想在二十世紀仍存有這種情況」之類的討論。我並不認爲此事有如此難以想像，但是話說回來，自己對二十世紀不甚興奮期許，也許這點可以說明這種感覺。後續的話題，也就是所應採取的行動，則無法深入發展。我必須到阿富汗，找出菲德菈，以馬賽克繁複鑲嵌的方式，引領她離開奴隸之屋。這不會是一個簡單的任務，可是再怎麼討論也不會使事情簡單一分一毫。

於是他們上床去睡覺，我讀著地圖集，一邊撥弄爐火，嘗試釐清自己究竟要如何進行。

如果不是因爲這本愚蠢的地圖集，我會省下許多時間。越是專注於阿富汗精確的地理位置，我就越詳盡計畫進入這個國家複雜的方法。最後終於決定，最接近那些女孩子們曾經踏過的旅程，就是最好的路線。當然了，這必須避開可能會視我爲不受歡迎人物的土耳其。除此之外，前往伊拉克不會是難事，接著到伊朗，最後可以進入阿富汗。

前往伊拉克會造成問題嗎？我思忖著。庫德族武裝對抗伊拉克政府已經有超過二十年時間了，彷彿史詩般、從未間斷地爭取自治權，對於這場奮鬥，我並非漠不關心。這一點有可能阻礙我得到伊拉克簽證的機會。然而，穿越這個邊境不會太難，不是嗎？

我研究著地圖。

我如此這般思考了好幾個小時。我重新煮茶，在爐火裡加入更多的木炭（此舉並無助於提高室內溫度），然後浪費更多的時間，爲各類不太可能成立的偶發事件做準備，眼前也不打算拿這些事來讓大家厭煩。思緒不停轉動，就是沒有想到最基本的幾何條件：兩點之間最短的距離就是一直線。

一切都要歸咎於我的過去。當一個人領受過無數峰迴路轉的經歷後，就會自然而然地排斥直截了當的行事之道。花了諸多小時之後，我才了解，要前往阿富汗最簡單的方式，就是去阿富汗。

的確如此。

阿富汗沒有人有理由擔心我，對這個國家來說，我與任何外國人一樣，受到同等程度的歡迎。我前往這個國家的目的既不神祕也不具破壞性。我想去買一名奴隸，將她帶回家，並不打算大張旗鼓，因此對阿富汗國內的和平及穩定沒有任何威脅。

那麼，何不飛到喀布爾？

我闔上地圖集，把它歸回書架上的原處。阿富汗大使館或領事館可能就在倫敦的某處，我可以早上過去，弄清楚簽證及防疫所需。之前令我煩惱許久的任何一家旅行社，都可以幫我直接訂位前往喀布爾。直飛班機似乎是期待過高，但是毫無疑問的，一定可以經過德黑蘭，或喀拉蚩，或其他任何地方轉機到達。同時，我要搭機飛離英格蘭不會有任何問題，我的護照在都柏林蓋過章，循規蹈矩地入境簽證。英國人也許會讓我難以進入他們國內，但是假如他們眞的曾經特別關注，我的離開只會讓他們開心。

四點過後沒幾分鐘，茱莉亞放聲大叫。

她的房門後方並非第一次發出這個聲音。偶爾會聽到的呻吟嗚咽聲，由於這些聲響沒有讓我分散注意力，所以我並沒有太詫異。她是個傑出的好女孩，堅強、果決且聰慧，與二次大戰影片中，大轟炸期間的優秀英國女性兩相應和。但是那個晚上畢竟不尋常，業餘手術和謀殺的插曲的確會擾亂任何人的睡眠狀況。

我以爲這聲尖叫會吵醒奈吉爾，結果卻沒有。我慢慢走向她的房門，等著傾聽另一聲尖叫。沒有聲音，我將耳朵貼在她的門外好一下子，但是她似乎又睡著了。我回到爐火旁的椅邊坐了下來。

一個小時後，更多呻吟聲出現。過沒幾分鐘，房門打開，茱莉亞走了出來，穿著一件軍人頭盔色調的直統袍，赤著一雙腳。

「我睡不著，伊凡，」她說，「我像個消化不良的小孩一樣做夢。我的樣子一定很嚇人。」

儘管髮絲糾結，拉長著臉，她看起來依然非常美。我如此告訴她，但她說我的謊扯得很貞，她自己心底非常清楚。她走開去，回來時面容洗淨，秀髮梳整，看來更是美麗。

「希望我沒有打擾你？」

我告訴她沒有，說自己已經沒有東西可讀，也擬妥了所有必需的計畫。她想要知道，於是我解釋自己打算以直接抵達喀布爾的方法前往喀布爾，這點讓她大表贊同。她拉出一張椅子，坐在我身邊，靠向爐火。爐火燒得不是太順利，她研究了好一下子，然後用火鉗重新安放了木炭的位置，火焰幾乎立刻就旺了起來。

「我這麼撥弄的時候，」我說，「什麼動靜也沒有。」

「你得練習。告訴我有關她的事，伊凡。」

「菲德菈嗎？」

「對。你一定很愛她。」

「我曾經是。」

「你現在不愛了嗎？」

「我不確定。」

「你的愛人們都維持很久嗎？」

「我們從來就不是愛侶。」我說，她古怪地看著我，於是我接著解釋了菲德菈和我之間特殊的關係。她認爲這段關係十分不尋常，接著臉色鐵青。

「處女。」她說。「那麼，她的初次經驗一定是在——」

「是的，在阿富汗。」

「那簡直太駭人了。就算狀況再怎麼理想，處女遭受蹂躪是最淒慘不過的，不是嗎？我自己的初體驗——」她臉色略略泛紅，然後突然露齒而笑。「聽聽這個女生說個不停！瞧瞧她像維多利亞時代的人一樣羞紅臉。我不眞的認爲你把我當處女看，如果我現在還是，那也眞丟人，不是嗎？但是除非已婚，否則放棄這個小遊戲似乎有些勉強呢。你知道嗎，我甚至從來沒有和奈吉爾談過自己的事？」

「這不令人驚訝。」

「那麼，沒有令人驚訝之處才是意外，因爲這太荒謬了，你不覺得嗎？我們比一般兄弟姊妹還親近，而且我確定他知道我有愛人，再說，天知道，我們兩人對這種事都沒有任何道德障礙，然而我還是沒辦法和他討論這一點。我們將我當成完整無暇，如果我結婚，那麼就可以假設我失去童貞。事實上，我不想要如此。」

「無暇？還是失去童貞？」

「都不想。你從來沒結過婚，有嗎，伊凡？」

「沒有。」

她望進爐火裡。「當然了，男人比較晚結婚。我就要三十歲了，沒有孩子，總是會覺得好像少了些什麼，但是沒結婚又不能有小孩。雖然我想這依然可行，但是——」

「我有兩個。」我說。接著發現自己對她訴說著我的兩個孩子多鐸和亞諾，與他們的母親安諾雅住在馬其頓山區。我見過多鐸一次，當亞諾還在媽媽肚子裡的時候，我曾經將多鐸抱在膝上。（不是同時，這不成體統的，是同一個星期。）我尙未見過亞諾，只看過一張由馬其頓內部革命組織分子由南斯拉夫偷渡出來，然後寄給我的素描。

「眞是超凡。」茱莉亞說。

「不見得。大部分的孩子——」

「不，不是的。是指你這樣劃分生活的方式。」

我從來沒有這麼想過。爐火再度熄滅，茱莉亞雙臂環抱胸前，兩手交握著手肘，像在歐坎頓街公寓臥室中一樣地攫住自己，只是在當時，那股涼意是來自心裡。

「該死的冷透了，」她說，「我應該要在床上的，但是我睡不著。你什麼時候要去喀布爾？」

我轉過身。「不知道。一旦可以就走，大概一、兩天後吧。」

「是。」

「要看簽證和——」

她突然站起來。「你想，我們可以做愛嗎？」

「呃——」

「我不喜歡這麼笨拙，但是時間不多了。」她沒有面對我。我看著卡其色的袍子，想像著袍子下的身軀。「這其實應該要更浪漫點的，然而卻在一個潮溼的早晨，面對即將熄去的爐火，以及對夢魘及死亡的記憶。」

「茱莉亞。」

她轉過來面對我。「我沒有感受到熱情或愛情，眞不是承認這些的時候，而且我看起來很嚇——」

「你很美。」

「——也許，拿性愛來當療程是可憎的，但是我眞的想上床，不想獨自一人，我知道，這些話說得一點也不好。一閉上眼睛，我就看到那個可惡男人的指頭。我沒有眞的看到那東西，我匆匆忙忙經過他身邊沒去看他，但是閉上眼睛，就看到扔在地上的指頭，像是一分為二的蚯蚓。我不應該說這個的，這就如同胃唧筒一般羅曼蒂克——」

我握住她的手臂。「靜下來。」我說。

「伊凡——」

我親吻她的雙唇。她說，「眞希望我們置身於馬其頓的山上，在一棟簡陋的小屋裡品嚐烤羊肉，啜飲他們喝的任何飲料。眞希望——」

「別說話。」

「眞希望能年輕十歲，孩子們對這種事的看法要輕鬆多了。眞希望能多一分或少一分束縛，我——」

「安靜。」

「好。」

她的房間既小又暗，床鋪窄小。我們的親吻中，愛意比情慾濃。隔著她的袍子，我感受到她的體溫，探向她的繫帶時，她全身僵硬。「噢，該死了。」她說。「你可別看。」

「怎麼了？」

「噢。」她說。「噢，這眞是太不浪漫了。如果你要笑，我不會怪你，但也絕對不會原諒你。」她以挑釁誇張的姿態拉開了袍子，裡面穿的是一件式的紅色法藍絨內衣。我沒笑。我加入她，我們兩相偎依，尋取愛的溫暖。

我將她拉近身邊。她的臉靠在我的脖子上，我的雙手撫弄著她背上和腰臀緊緻的肌膚。我知道，溫暖和親近才是重點；我們是否進行這段晨間遊戲並不重要。這並不急，不管是有是無，都不太要緊。

「我不會幫你懷一個活蹦亂跳的英國私生子。」她低語。「我服了避孕藥。」

「那好。」

「不想要個英國私生子嗎？」

「你話太多。」

「給個吻來封我的嘴。」

這個吻和緩又周到，分享甜蜜的愛意，和煦與溫存而非激情。親吻長長久久，幾句無意義的低語，加上隱密肌膚上舒適的觸碰。

歐坎頓街的恐怖事件，椅子上眼神冰冷的男子，他指頭上的鐵絲傷痕，刀子分開血肉及骨頭所發出的聲音；這個世界一次消失一部分。長長的尖刀，他蒼白的面孔，刀子的進進出出；慢慢地，如同時間及地點的重擔，這一切褪去了蹤影。

直到熱情像是不速之客的出現。

我撫摸並親吻她，她的呼吸逐漸低沉，並帶著甜美的迫切擭住我。我太陽穴上的脈搏跳動著。她展開笑靨，雙眸明亮，說道，「眞好！」然後閉上眼睛嘆息。我親吻著她，感到她小小堅挺的胸部抵著我的胸膛，肌肉緊綳的雙腿靠著我。我觸碰她腰際上微溼的溫暖。她爲我敞開，我饑渴地翻到她的上方，接著她說，「好的，好。」我們再次親吻，然後——

突然一個怒氣沖沖的聲音說著，「茱莉亞！伊凡！大家都該死的上哪去了？」

過了一會兒，在我們恢復心跳之後，她低聲說道那是奈吉爾。我知道。她加上一句說他醒來了，人在廚房。這我也知道。

「我們不能，」她接著說。

她再次說著再明顯不過的話。我們兩人間共同的慾念就像一株耗時百年才得以成長的樹木，只爲在血氣方剛的全盛時期被立刻腰斬。我仍舊躺在她的上方，因爲渴望而疼痛著，但是——

他再次呼喊我們的名字。

「也許他會回頭去睡覺。」我這麼說著。

「不會。他睡著時像個死人，但是一醒來，噢，就完全清醒了。」

「好極了。」

「該死。」她說。我不甘不願地從她身上滾下來，我們充滿感情地互相凝望。我想到，這該是兩人開始發笑的時候了。事情沒如此進行，因爲某種原因，我們誰也沒能欣賞此刻的幽默。

「絕對不可以讓他知道我們的事。」她說。

「我應該要躲到床下去嗎？」

「不，別傻了。噢，該死，讓我想一下。他不會進來，他以爲我在睡覺時是不會進來的，但是你究竟要怎麼才能不經過門從這裡到廚房去？伊凡，我想不出——」

我們聽到他在廚房裡絆了一下。他已經不再叫我們了，顯然是認定他的妹妹還在睡覺，而我則是出門去了。茱莉亞很快又含糊地用手指頭點了下我的肩膀，然後指向窗戶。

「有一條巷子通到後面的街道。」她低語。「你可以穿過那裡，然後回到前面。就說，你出去走了一下。」

「打著赤膊嗎？」

「先穿上衣服，傻子。」我納悶自己為什麼沒想到。我越過茱莉亞，盡量避免碰到她，然後坐在床邊穿上衣服。我找不到內褲，顯然一定在某處，但就是找不到。

「我們晚一點會找到的。」茱莉向我保證。「等他出去的時候。今天有日場，也有晚場演出。我們會有時間在一起的，伊凡。」

我正在繫鞋帶，回頭去無言地發問，而她淘氣地一笑。「有時間完成剛才開始的事，」她說，「這件事，我肯定絕對不會原諒奈吉爾的，但是你會原諒我的，不會嗎，親愛的？」

我啄了她的雙唇，綁好鞋帶，跨向窗戶。該死的窗戶卻卡住，我相信自己一定發出了很大的聲音。正當我拉開窗戶時，門鈴響了。

我看向茱莉亞。她聳聳肩。「是我，」我說，「我用超越光速的時間衝過街區，然後還沒出發就回來了。」

她說我是個瘋子。公寓在一樓，如果我們是在美國，那就眞是太幸運了。然而，我們不是。我蹲伏在窗台，緊縮著身子好避開花叢，然後往下落了十或十二呎到了地面。我雙腳著地，這是可以預期的，驚訝的是，我竟然站得穩。然後我順著窄窄的巷子，朝後街走過去。

天空仍然下著雨，我繞過街區，正經八百的詛咒奈吉爾，怨他沒有得體地多睡個半個小時。當然了，我想，門鈴也會把他吵醒的，但是到了這時候，我們至少完成了好事。

我在雨中緩慢地盡職行進，自我安慰，稍安勿躁，必有所得。奈吉爾當天下午有日場的演出，他的妹妹和我也一樣，而且這次我們不會有觀衆。

到了最後一個轉角，我停下來深呼了一口氣。顯然，我會需要編個故事。我不能說我出門去買份早報，否則奈吉爾會問我爲什麼空手而歸，同時也可能會問我爲什麼沒穿外套、也沒帶雨傘就出門去。我想了一下，決定告訴他，我在皮卡迪里的二十四小時咖啡店裡待了幾個小時，當我離開時，天還沒下雨，他大可責怪我是個愚蠢的美國人，不懂得不論晴雨都得帶傘，因爲雨隨時會下，而我可以陪他一起笑，然後——

然後我轉過街角，街上擠滿了警車，倫敦半數的警察都列隊前往奈吉爾的門口去。

5

我看著這些警察，然後轉過身子，走回轉角的另一邊。我從來沒有想到要去懷疑他們為什麼會出現。當然我沒有預期警察的出現，但是很明顯，他們絕對是衝著我來的，並且讓他們前來的原因不只是為了非法入境。我安靜地轉過街角，順著街道往下走到另一個角落，雖然雨仍繼續下著，但我已經不再為其所擾。要不是因為好事被打斷，我想，我可就陷入大麻煩了。

我無聲地禱告，感激奈吉爾的早起以及茱莉亞的節制。禱告簡短。畢竟，換換口味，事情來得巧也是應該的，發生在我身上壞事要比好事多太多了。沒穿外套沒打傘之外，我還被自由世界的大部分高效率警力以謀殺罪名通緝。同時我不能自首，不能試圖洗刷清白，因為我恰巧並非無辜。

他們怎麼會知道？在我採取行動之前最重要的事，就是得找出這個答案，同樣當務之急，就是得在他們大肆聲張之前，盡可能遠離倫敦。如果他們只知道我是奈吉爾和茱莉亞・史多克斯的客人這個身分，那麼我多少可以依照計畫離開這個國家。如果他們知道我的名字，並有我的畫像，那麼原定計畫就毫無用武之地，需要另外構思。

我搭乘巴士前往位於倫敦西南方大約七十哩左右的樸茨茅斯，在這趟兩個小時的旅程當中，我的臉一直埋在一份晨報的後頭。報紙上並沒有提到我，或是複姓先生。我在樸茨茅斯一間糟糕透頂的咖啡館裡吃了蛋和薯條，接著前往電影院，看了一部桃樂絲・戴演的老電影的後半段、一部捕龍蝦的短片、一部UPA出品的卡通、許多廣告、某個預告片，以及桃樂絲・戴那部老片的前半段。我留下來再看一次看後半段，期望他們這次會修改結局，讓洛・赫遜這次能帶她上床，但是他們沒更改劇本，他也沒能成功。在經歷過與菲德菈和茱莉亞的經驗之後，我有種感覺，這部電影真是太忠於人生了。

我前往另一家咖啡店，吃了牛排和薯條，以及極苦的咖啡，然後又找了一家戲院，看了些義大利片，電影裡每個人都與別人上床，但沒有人眞正地享受樂趣，更別提觀衆的感受了。散場時，我並不覺得飢餓，於是直接到另一間戲院看了一部根據《火車大劫案》一書改編的英國片。電影裡的警察極有效率，結局是每個人都遭到逮捕，因此，這部片子比起其他兩部來，還更讓我情緒低落。我開始擔心在花盡空閒時間之前，就把樸茨茅斯的電影都看完了，但是第三部電影是個魔咒。當我離開電影院時，街頭已經有晚報了。兩份倫敦的晚報我都買了，兩份上頭都有我要找的東西。其中一份稱之爲「蘇活區罪惡公寓的死亡虐殺案」，另一份則指出「蘇活區虐殺案，證人目睹美籍人士涉案」。除此之外，兩份報紙陳述的故事內容相同，都正確稱呼我的名字，上面也使用同一張照片。

我在一家小街上的酒吧洗手間裡讀著報紙，報導內容讓我不太愉快。當然，這都是我咎由自取。我在案發的公寓裡到處留下指紋，主要是因爲我從未想到不能如此，完全沒想到英國有關單位的資料裡會有我的指紋。很顯然地，他們從華盛頓取得資料有段時間了，因爲亞瑟．胡克一直到午夜過後才被發現，而他們很難在這麼短的時間裡與華盛頓做確認。

指紋將他們導向我，但是那兩把沒什麼作用的槍則告訴他們上哪裡找我。警察鑑定出它們是演出道具，循線在睡夢中叫醒了一些人，核對了好幾個道具室，立刻就牽扯出了奈吉爾。我開始欣賞蘇格蘭場之所以享有盛名的原因了。但就算是世上最卓越的警察，也無法與誤打誤撞的巧合抗衡，這也就是現在我人在樸茨茅斯，而不是身陷囹圄的原因。

有人敲著洗手間的門。我口齒不清地咕噥兩句。根據兩篇報導，我是詹姆斯黨徒和恐怖分子，關於我與亞瑟．胡克（又名史邁斯—卡森、溫德罕—瓊斯）的關連，則以各種古怪的推論來做爲可能的解釋。他的犯罪紀錄相當有趣，我相信沒有人會爲了他的死而感到難過，但這並不表示他們不打算將殺了他的凶手逮捕歸案。所有的機場及海港都已經在監督之下，傳單已經遞發到各個機票及船票開立處。有鑑於我的賈克拜黨徒背景，蘇格蘭的邊界還特別加強警戒。

這讓我很是憂心。如果我打算離開英格蘭，就會需要幫助，其他的賈克拜黨聯盟成員似乎是我最好的契機。他們與我有共同的願望，希望能夠將貝蒂．巴登堡（譯註：指伊莉莎白二世。）推翻，讓尊貴的斯圖亞特王室後裔復辟。在蘇格蘭高地會有許多忠誠的成員庇護我，但是看來蘇格蘭場第一個就會從這裡著手。

又有人敲門。我折起報紙，再次咕噥，雖然不需要，但還是壓下馬桶的沖水鈕，側身走出廁所，好讓新來的使用者看不到我的臉。這個工夫算是白費了，他對馬桶的興趣比對前一個使用者的興趣大多了。穿過了酒吧，我直接來到街上。

我決定不去考慮賈克拜黨聯盟。現在奈吉爾被逮捕，英格蘭地平協會的會員應該也會在監視之下。即便不是如此，我也不認爲可以向他們求助。這些人在支持地球是平的這個信念之前，必須有不循常規的個性，但是這並不代表他們願意提供殺人犯避難的場所。

我必須找出政治極端分子，還不能跑太遠，並且還要與有習慣不經過海關、就能由一個國家旅行到另一個國家的人打交道。在安然離開英國之後，我當然可以使用我的護照，但是——

天殺的，我才不能用。護照在我的外套口袋裡，而我上次看到外套時，它在奈吉爾的起居室裡。

我找到另一間酒吧，裡面只有幾個喝醉酒的人，其中沒人有報紙。我點了雙份威士忌和一品脫苦啤，不忘加上了愛爾蘭口音。人們總是會聽到他人和自己說話腔調上的差異，這個伎倆提供了另一組差異的可能性。如果我試著用與當地腔調相似的口音說話，只會讓自己聽起來像是個美國佬。如此一來，我聽來僅僅像是個愛爾蘭人，會讓人記得不尋常之處，但又不足以長久記在腦子裡。

我曾想與愛爾蘭解放軍的朋友聯絡。在利物浦我知道幾個名字，在曼徹斯特有一個，加上愛爾蘭也有一些。但是愛爾蘭要渡海，而身在英國的少數幾個人離樸茨茅斯還有好一段距離。

噢，當然了，克爾特語聯盟。

儘管汽車竊盜不似綁架案，是美國獨特的犯罪項目，但是在英國仍屬罕見。即使在倫敦，也只有少數車主會費心地將車子上鎖，出了主要城市，將鑰匙留在發動孔上則一點也不足爲奇。我實在不想貶低人們對人性的高度評價，但如果不這麼做，就得冒險搭巴士或火車，於是我在樸茨茅斯遊蕩，最後找到一輛鑰匙留在車上、且無人看管的一千CC莫里斯迷你轎車。

這幾乎是個奇蹟。最值得一提的是，那輛車還有超過半個油箱的汽油，足夠讓我抵達康瓦爾郡還有剩。在毫無節制的電影及飲料等花費之後，我只剩下八、九先令。我放錢的腰包仍有一千美元，但想到在加油站兌換一張五十元的美鈔，就讓我覺得自己比雨水還要冰冷。說到這裡，雨仍然繼續下著，莫里斯的雨刷奮力狂揮。

這不過是小事一樁。我雙手緊握方向盤，腳踏油門，雖說莫里斯不是什麼尊貴的名車典範，仍算是輛好車，於是我們勇往直前。一路經過了柯香姆、南漢普頓、道徹斯特、漢尼頓、艾克斯特、歐坎普頓、朗斯頓、柏明、福拉頓，以及杜洛。過了杜洛，克爾特語聯盟康瓦爾支會的執行祕書亞瑟·波德克斯特，就住在一條孤單顛簸小路盡頭的茅屋裡。

我猜大家不曾聽說過克爾特語聯盟，知道的人著實不多。拜威爾斯和蘇格蘭民族主義分子在國會的大勝，以及語言獨立運動的共同利益之賜，這個組織前幾年才剛成立。克爾特語聯盟這個獨立運動組織有五個分部，致力將克爾特語盛行最久的地區組織成無束縛的政治聯盟。這五個地區分別是愛爾蘭、蘇格蘭、威爾斯、康瓦爾，以及法國的布列塔尼省。

否定地心引力絕對要比將克爾特語聯盟改造成實際的政治組織來得容易。這一點，在康瓦爾郡再明顯不過了。康瓦爾方言中的古克爾特語在超過一世紀以前，就已經不再使用了。對我而言，這只會讓亞瑟・波德克斯特和其同伴們的努力更令人敬佩。聯盟中的兩個人，亞黛・崔西連恩和喬治・潘立法克斯，煞費苦心地鼓動重建康瓦爾語，我擁有一份他們手稿的油印副本，待找到空檔，一定會仔細研讀。

我將莫里斯迷你車停在小路終點處，走過蜿蜒的鋪石子路，眞希望自己在走路時就可以有時間好好學會康瓦爾語。我只會幾個字，當大門回應我的敲打而開的時候，我就用了這幾個字。「解放康瓦爾！」我說。

亞瑟・波德克斯特的黑眼眸在紅通通的臉龐上閃耀。他完全不知道我是何人、所求爲何，但是我說著康瓦爾語，這是唯一重要的事。他抓住我的肩膀，將我拉進屋內，對著我滔滔發表長篇大論。

我一個字也聽不懂。

「你得到法國去，伊凡，到布列塔尼去，這樣最好。法國警方和英國人互相合作，但是我們在布列塔尼農民裡有同志。我認識其中好幾個，小崔和小潘認識其他人，當然你自己在那裡也有朋友。你想要留多久，我們就藏匿你多久，只是這塊邪惡的土地不是你的避難處。我們認知當中的政治暗殺，對有權有勢的人來說，就叫做謀殺。你應該要去布列塔尼才對，伊凡。」

我們改說英文。波德克斯特的英文腔調很重，但因爲他受過教育，所以比起其他當地人講的話較爲易懂。他還沒有讀報紙。我提供給他的版本較似官方說法，稍微偏離事實，原因是想到與阿富汗白奴隸的無稽說法兩相比較，賈克拜黨聯盟應該會得到更多的迴響。他立刻支持贊同我的做法，並且急於提供庇蔭。他出門去將車子停在隱密的地方，他小鳥依人的妻子則爲我端出一碗燉羊肉，並且倒滿一大杯黃啤。

「我會去打探，」他向我保證，「這裡是走私者的海岸。我們自己不從事這種活動，但是每個人都有朋友，這個地帶的朋友們知道何時該發問、何時得安靜。我知道其中有些人會夜渡到法國海岸，帶去的東西和帶回來的不盡相同。在多佛附近，瞧，是渡海最容易、走私最猖狂的地方。從那裡渡海只要二十哩，這裡要一百哩，但是多佛的官方看得比較緊。我們來幫你打點一張床鋪，好讓你今晚睡個好覺，到早上再來看看要怎麼幫你安排。」

與其解釋我爲什麼不需要床，不如讓他的妻子幫我在火爐邊鋪一張床來得簡單，我喝著一大罐啤酒，直到太陽昇起。亞瑟．波德克斯特在早餐過後就離開了，但事先將他在法國的通訊錄先交給我，好讓我可以草草記下布列塔尼的幾個聯絡人。

我沒花任何氣力去背通訊錄，只要過了英吉利海峽，我就可以自己安排了。但是我還是看了通訊錄，克爾特語聯盟在布列塔尼比我所了解的還要強大。當亞瑟．波德克斯特回來時，我還在讀資料。

他同時捎來了好壞兩種消息。壞消息就在晨報當中，《泰晤士報》裡有篇報導很清楚地指出了相關單位對逮捕我有著高度的興趣，而且奈吉爾和茱莉亞已雙雙遭到拘禁。把他們倆拖下水，我感到十分難過，只希望他們會懂得把所有的問題都推到我身上。

然而，壞消息實屬意料之內，好消息卻能將之抵消。一個名叫崔法立斯或類似名字的男子，知道有個男人認識一名當天半夜要夜奔到法國的男子。船隻在日落後由位於德文郡的托爾圭離港，黎明前將抵達瑟堡附近。他們要錢，他說。也許大約三十鎊。我有沒有這筆錢呢？

「有美金，」我說，「但是，如果他們不知道我是美國人會比較好。」

「如果他們對你一無所知，會比較好。我有個朋友可以兌換你的美金，但是在匯率上會有所損失。」

三十英鎊換成美金是七十二美元。我給波德克斯特兩張五十美金的鈔票，心想，即使是重裝搶劫的匯率也不至於換不到三十鎊。他帶了四十鎊十先令和歉意回來，哀傷地告訴我，其實可以再拿到一鎊三先令四便士，相當於兩塊八毛美金，那是銀行所能提供最好的匯率了。

當天風和日麗，根據氣象預測，好天氣會一直持續到下午。我花了整個下午的時間在田野中散步。鄉間景色迷人：地形崎嶇、歷經風霜、毫無修飾，換成別的好時機，我絕對會很快活。但是眼前我實在是思緒紛擾。

晚餐過後，我著手改變容貌，但是能做的相當有限。在蘇格蘭場的照片上，我的頭髮比現在短，所以剪短頭髮無濟於事，同時也沒時間蓄鬍子了。我全心讓自己看起來不要那麼像美國人。我用炭筆將鬢角畫長了半吋，換上了某位我不記得確切名字、只知道不是小崔就是小波的友人衣服——這些康瓦爾人全都這麼姓，像老韻腳似的，不是波就是崔，不然就是潘，最後罩上手肘處貼有橡膠防水布的厚重粗呢外套。我演練臉部表情，操練方言口音；如果有人想知道，我是個因僞造文書遭起訴在逃的利物浦人。

七點半，該是離開的時間了。一個姓潘某某的男孩，開著他父親的伏克斯豪爾房車載我去托爾圭，波德克斯特會設法留住我偷來的莫里斯，直到有人需要搭便車上倫敦爲止，車子屆時可以安然棄置在那裡。我們互道再會，爲解放康瓦爾舉杯致意，在克爾特語聯盟裡，這表示平等的夥伴關係，接著，我就上路了。伏克斯豪爾比莫里斯還糟，但至少我不用自己開。

我對船隻的了解不多。在托爾圭搭上的這艘船，船身約有二十呎，分成樓上和樓下，我知道這樣的稱呼不正確，我猜大家應該會說是「上層」和「甲板下」，但也不太確定。除了知道坐在船裡比落在水中要好之外，我對船隻實在是所知甚淺。除非眞實狀況是相反的，否則還知道右舷在右邊，左舷在左邊。

幸好我眞的不必懂太多。我和船長討價還價，最後爲我這趟行程付了二十五鎊，比預期少了五鎊。上船後，我爲自己找了個安靜角落，假裝要睡覺。隨後更多人上了船，其中有些人把一箱箱不知何物的貨物，放到隨便大家怎麼稱呼的樓下部分。我繼續假裝已經入睡，一路假裝到出海，這時候無法再繼續假裝的原因，是因爲睡著的人不會嘔吐，但是我得吐。

我對船的另外一個了解，是假如你要吐，不要迎著風。我姿態正確地嘔吐，並頗引以爲傲。我站在欄杆旁邊，正在自以爲傲的時候，一個又瘦又黑、蓄著鏟型鬍的男人過來站到我身邊。「你不是好水手。」他悲哀地說。

「我選對了邊。」我說。

「怎麼說？」

「我沒有迎風吐，」我說，「我到左舷側，然後——」

「但這裡是右舷。」

「正是。」我說。

我逃離他，回到我安靜的角落，拿防水外套把自己包起來。沒下雨，但也算是下著雨，因爲海峽波濤洶湧，還刮著風，讓冰冷的水花不停潑濺到甲板上。我竟然會爲此離開十月的紐約。

我聽到有腳步聲接近，強迫自己不要往上看。腳步停了下來。就在我身邊，一個男人費力地清了清喉嚨。我置之不理，但他不是個願意被忽視的人。他在我身邊的甲板上坐下來，把手放在我的肩上。

「你。」他說。

我假裝無力地醒來，瞇著眼看他。他是個年輕的巨人，黑色的貝雷帽下長著毛茸茸的金髮，臉孔像一團麵糊，五官模糊不清，只看到雙頰對角線般的疤痕。

「欸，」他呼嚕呼嚕地說話，「你不舒服，欸？來杯湯嗎？啊？」

我向他道謝，但是對他解釋，自己在這個時候並不想來杯湯。

「西——香菸？」

我說，也不想，現在什麼都不想要，但是同樣地，謝謝。

「海況不好。別擔心自己不舒服。」

他的音調難以界定，低音處有些波羅的海腔，如果要猜，我會說他是芬蘭人，或是愛沙尼亞人。

「你，美國人？」

「愛爾蘭。」我說。

「愛爾蘭，啊。」

他走開了去，無疑的，他是個奇怪的船員。人們會期待走私者是來自出船港口的當地人。在英格蘭南部海岸和維特島，走私早就成爲家族事業了，這個交易的各種伎倆，幾世紀以來父傳子代代相傳。這個走私者會把外國船員給加進來，似乎有些奇怪。波羅的海巨人不是德文郡當地人，鏟型鬍的黝黑男子也不是，現在想起來，他聲音裡有著絕對是東歐的調調。

時間緩慢流逝。大部分的人都在樓下，我在兩者之間猶豫，一方面想要加入他們，因爲那裡顯然比較溫暖，風沒那麼強，然而更強的念頭則是想獨自一人。橫渡海峽大約有八十哩，我沒有任何概念，不知要花多久時間。船隻行進的速度似乎很順利，但是我完全不清楚一節的速度有多快，也不知道一節實際上究竟等於時速多少哩。

當那名愛爾蘭人在我身邊坐下來的時候，我猜我們大約過了一半的行程。

「有人告訴我你是我的親屬，」他說，「你打哪裡來的？」

我看著他，無法斷定他的腔調。「那麼你是個愛爾蘭人？」我說。

「我是。」

這沒有幫助。我說了利物浦什麼的。

「你向老英格蘭道別了，是吧？」

「就是這樣。」

「我希望不是什麼愛爾蘭共和軍的瘋子之類的吧。」

「噢，完全不是。」我說。「是這樣，我簽了張支票，上頭寫的是別人的名字，你懂吧？」

他笑出來，啪的一聲打在我肩膀上。

他告訴我他名叫約翰・戴立，家住梅佑郡，在利物浦待了好些時間。我從利物浦哪裡來的？我是否認識這傢伙、那傢伙，還有——

這時候有人喊他，於是他再次啪的一聲打在我背上。「又是命令，和外國人往來就是這樣。他們留不了我多久的，有空我帶點聖水過來。我們哥倆喝個幾罐，聊聊老地方，好吧？」

「啊，老天保佑你。」我如此說，或是這類的話。

老天幫了我的忙，我這麼想。眼前的事情有些奇怪，我好像置身其中，同時也置身於英吉利海峽的某處。我懷疑他究竟相信我是個愛爾蘭人，還是順著我的戲唱。我懷疑我們究竟能否到達法國，納悶船員裡爲什麼有這麼多外國人，無法理解究竟是什麼理由促使我離開紐約。

過了一會兒之後我發現了，這些外國人並不是船員。

他們是貨品。

得知這件事的時候，我又在裝睡。顯然我的舉動合宜，因爲一隊皮夾克男三人小組經過我身邊，沒注意到我，站在欄杆旁談話。這組人馬裡沒有一個是剛才與我說過話的人。在持續的風聲中，最初我沒辦法聽見他們說的任何話，但是聽起來他們不像是英國人。接著風小了一些，事情變得很明顯，他們說的話之所以不像是英國人，是因爲這些是俄國人。

我零零落落聽到一些話。他們說到槍枝、補給、爆裂物，以及革命。在不斷的風聲起落中，我專注地傾聽。這個情況令人感到極度挫敗，我的俄語流利，但是風聲刺耳，不管他們講的是什麼語言，都很難聽懂。除此之外，他們說的好像是某種我不熟悉的俄國方言，所以在這些分辨不出的詞句中，有一些是我難以了解的。

然而，我還是抓到了重點。他們正要前往某個已經打好革命基礎的國家。

他們計畫停當，要去推翻某個政府。

他們離開後，留下我一人，對於他們究竟要推翻哪個政府、是誰或原因，仍是一頭霧水。我把防水雨衣拉上蓋過腦袋，想著炒鍋和爐火，並私忖著，這個超乎尋常複雜的策劃，對我會有好處。這是個引人入勝的理論，就某方面而言，這也和其他所有事一樣有道理。因爲，爲什麼一批俄國特務要搭乘走私船來偷渡英吉利海峽呢？他們打算推翻哪一個政府呢？

「啊，你在這裡！」說話的是戴立，我的愛爾蘭朋友，手上拿著包覆著皮革的酒瓶。他翹著腿坐在我身邊，打開酒瓶，喝了一大口。「老天爺，治風寒沒有更好的解藥了。」

他嘆口氣，把酒瓶遞給我。「祝健康。」我說，然後飲酒，我的胃可能不認同，但是到了現在，我已經習慣海上的搖晃了。再說，見鬼了才會管我的胃怎麼想，來些個愛爾蘭威士忌才是我腦袋裡想要的，在當下，這似乎是最需要考慮的事。

他說，「該死的俄國佬、烏克蘭佬，還有天知道什麼人。」他再喝了一口，再次把酒瓶遞給我。我也喝了。「這一行，就得和這些人合作。像你我這樣的好男孩啊，應該有比這艘破船和這片髒水更好的去處。當然啦，再過半個多小時我們就到法國了。」

「離梅佑郡可是好大一段路。」我說。

「走路太遠啦，啊？」我們大笑，接著他喝一口我喝一口。「噢，從梅佑郡可得走上一段路，也比從利物浦彈跳過水還要久。但是再怎麼說，法國都比阿富汗離家來得近，我說哪。」

我呆住。我說，「你怎麼知道我要去阿富汗？」

他看著我，我看著他，繼續互看的時間讓人完全不自在。「老天爺，」他終於說了，「那麼，你也是爲了這個，對吧？」

「呃——」

「那些該死的俄國佬。我們就像兩個名叫老麥的愛爾蘭人，在同一齣戲裡，只差彼此不知道對方的存在。你相信嗎？你聽說過這種事嗎？」

噢，我笨笨地想，他所謂阿富汗離愛爾蘭很遠，並不是針對我來的。他這話的意思是指他自己。這代表的是他和那些該死的俄國佬正要前去那個地點，也就是說，我突然知道他們打算推翻的是哪個政府了。同時這也代表了，我張開了我愚蠢的大嘴巴，他以爲我是這個團體裡的一名成員，準備前往同一個地點，而且——

噢。

「這裡每個人還在說，你只是個付錢的客人，船長貪到連你都要收，你既不認識我們，也不知道我們要上哪裡去。那當然，我要讓他們知道事情眞相。」

「不要，別這麼做。」

「什麼？然後我自己心滿意足地和這些外國佬混在一起？讓那些即將要付出鮮血的人知道，打一開始，就要應付兩個愛爾蘭男兒。」

「先喝一口再說。」我提議。

「你替我喝，」他說，把酒瓶遞過來，「要不了我一分鐘的。」

我喝了大大一口，抖抖肩膀，蓋上瓶蓋。我犯了一個嚴重的錯誤，但是現在想想，倒還看得出如何讓危機變轉機。如果他們眞的是一群正要前往阿富汗的間諜和破壞分子，而且還笨到足以把我當成自己人，那麼事情絕對會變得很容易。我可以不必頭痛如何跳過一個又一個的邊界，只要跟著他們，當這群人抵達阿富汗、忙著算帳和發動政變的時候再開溜，然後找到菲德菈。我對阿富汗政府所知有限，但是長久以來，一向就覺得大多數的政府都應該被推翻，尤其是如果它們容忍奴隸制度，就更是成爲政變候選人的理想對象。所以，假設我的船友能將我送進那個國家，那麼就隨他們高興怎麼送。

我再喝了一口，大大的一口酒，當戴立拖著四個朋友回來的時候，我已經頭暈目眩了。

「咱們全都要前往阿富汗，」我說，「妙極了。」

「沒有人告訴我們有關於你的事。」留鬍子的那個傢伙說。

「這麼說吧，也沒人告訴我關於你們的事。我接到指示，要如何渡過海峽，要去哪裡。我以爲要去另一邊和你們相會。」

「哪邊？」

「我會在瑟堡得到更進一步的指示。」

他們互望。「什麼人給你的命令？」

「一個名叫鍾蓋爾的人。我不知道他的眞名。」

「你是哪一個分隊的？」

「第八小隊。」我說。

「你隸屬第八小隊，然後被派來參加這次的行動？」

「是被徵調的，透過第三小隊。」

「啊，這樣就有道理了。」我心想，感謝老天。「但是這更不簡單。」鏟型鬍男人轉身向一個裝著廉價假牙的光頭矮胖男人說，「去找雅科夫來。」他用俄文說。

「他在睡覺。」

「打從上了這艘垃圾船他就一直在睡覺，叫醒他。」

「他會不高興的。」

「告訴他，這是做爲領導的代價。」他轉身向我。我面無表情。他用英文問我是否會說俄文。我告訴他我不會，然後他告訴我，雅科夫，也就是這次行動的領導人，會過來看我。在等待的時候，我們聊著天，愉快地談到風向以及海況。他們說，這趟渡海比預期來得慢，他們說，再過個十五分鐘，就可以靠岸了。我把身子探出船外尋找法國，但是除了一片墨黑以外，什麼也看不見。

這時候，雅科夫出現了。

他看起來沒有一個負責人應有的架勢，相貌看起來像是伍迪・艾倫，瘦小，不具影響力。他透過厚厚的牛角鏡框眼鏡，用近視眼盯著我，這時鏟型鬍男子則以俄文向他解釋我是誰，在這裡做什麼。

雅科夫問及我是否會說俄文。我臉部表情極其空白，接著鏟型鬍告訴他我不會。雅科夫點點頭，雙眼再次緊盯著我，羞澀地微笑。

我以微笑回應。

他用俄文說，「你們全是笨蛋。這個人不是愛爾蘭人，他是美國人。他的名字是伊凡・譚納，在倫敦殺害了一個人，是個謀殺犯。他根本不是我們的成員，是個間諜，也是殺人犯。」他仍然掛著羞澀的微笑，語調非常柔和。「我要下去了，」他繼續說，「到岸前，別再打擾我。殺了這個人，把他丟下船。」

他們全都看著我。我的朋友戴立顯然聽不懂這段話，但其他人懂。他們的臉色顯示出他們已經改變了對我的看法。

於是我轉向右下方。「有人落水！」

他們轉過身子看過去。我把防水雨衣抖下肩頭，甩向我左手邊第一個男人的頭和肩膀。當他用手去抓的時候，我閃到他的背後，然後跑向欄杆。炒鍋和爐火短暫地閃過我的腦海，接著我用手撐著欄杆，然後躍身跳入大海當中。

6

海水驅散了我腦中炒鍋和爐火的念頭。水如果再冷一些，就可以直接在海面上打起冰上曲棍球了。我以救生員入水的姿勢躍離欄杆，身軀前傾，雙腳打開，手臂大張，但是在最後一秒鐘，我一定做了什麼錯誤的事，因爲我沒有浮上水面，反而像塊磚頭似的往下沉。最後，我的大腦才傳達了一份遲來的指令給手臂和雙腿，等待生命在眼前流逝的同時，我瘋狂划動四肢。我猜，這只可能在眞正溺水的時候才會發生。我衝向水面，吸了幾口氣，接著聽到叫喊聲，看見探照燈朝我費力地投射過來。我吸了一口氣，就在前幾發子彈削過水面時，再次沉潛。

我試圖潛泳，在良好的外在條件之下，我的泳技也只稱得上差強人意，現在的情況則更糟。在他們能把槍枝轉向之前，我浮出水面，接著再次下潛。在水中進行任何活動都十分困難，最後，我終於發現問題來自身上的衣服。我心想，沒穿衣服可是會冷的。接著才想到，衣服在水下也不能保暖。

幾年前，在參加救生員訓練課程的時候，我曾經學到，下水之前要脫到一絲不掛。在岸上，脫衣只要花上幾秒鐘，並且可以加快游泳的速度來彌補。但是當我跳離船隻的時候，並沒有辦法騰出這個時間。現在我只能想辦法脫掉外套和襯衫，踢掉鞋襪，扯開卡住的拉鍊，好把自己從長褲裡扭出來。我原本可以留下內褲的，反正它不會減緩任何速度，但是打一開始，我就沒穿內褲。據我所知，它應該還留在倫敦茱莉亞的房間裡。於是我沒穿內褲地游著，一邊擔心著鯊魚。

船上的鯊魚更具有迫切的危險性。他們盤旋了大約有半小時，在海面上投射該死的探照燈，並朝接近我的方向開槍。就我看來，沒有一發子彈射得特別靠近。外頭一片漆黑，我沉在水裡的時間比浮在上面的時間多，海面波浪起伏，觀察都不容易，更別提射擊。這樣的狀況過了大約三十分鐘之後，我猜，他們大概認爲我要不是已經淹死，就是遲早也會溺斃。他們不再繼續繞圈，迅速離開。好一會兒，在引擎聲消失之後，我才停止踩水。接著我闔上眼睛，生命中這陣子發生的種種先是在眼前逝去，然後浸沒。現在想來，溺斃似乎是個好主意。

處女、白奴隸、走私客、間諜，我大大地嘆息，浪花依然不斷席捲而來。我記得船隻離開的方向，於是讓自己朝著這個大方向游去，開始游渡英吉利海峽。

時間似乎永無止境。幾年前我經常游泳，人們說，這是一件永遠不會遺忘的技能，顯然我的確沒忘。即使如此，我還是預期自己的力氣會用盡，遲早會有一個浪頭將我帶入水面下，我也不會有殘存的氣力再次將自己拉出水面，但是我仍然繼續前進。水沒有變暖，但是在不久之後，我就沒有感覺了。

最後，我終於知道自己辦得到。潮水和我朝同一方向前進，提供我無限的助益。每當我感到筋疲力盡，就仰著身子稍作漂浮。雖然比不上在吊床上躺個幾小時，卻很有幫助。

我脫離了預計前進的路線，這是可預期的，但是沒有好處。我錯過了瑟堡所在的半島，我猜，這讓我多耗了好些時間泡在水裡。幾個小時之後，我在日出時分終於被沖上岸，這時海邊有一些人。我蹣跚走上陸地，用法文向他們叫喊，然後一個女人尖叫，「霍華，他全身光溜溜的！」然後霍華拿起他的傻瓜相機對準我拍照。

原來二十五年前，在一九四四年的六月，霍華就在同一個地點被沖上岸，當時他是諾曼地登陸部隊的一員。我的這段渡海歷程不知怎麼地，讓我在奧馬哈海灘著陸。霍華表示，他想帶妻子來看看這個地點，管他哪個總統說什麼黃金短缺的。他的妻子挪開了視線說，我會凍死的，這是我早就想到的可能性。

我的皮膚泛藍，牙齒不停打顫，更糟的是還頭昏眼花，精神近乎錯亂。如果他們當時開口問我任何事，我絕對會不加考慮，且不太偏離事實地和盤托出，如此一來，他們要不是趕緊跑開，就是會舉發我。

但是他們什麼都沒問。只有美國觀光客能有這般能耐。他們之所以沒有提問，並不是因為心存保留。經過思考，我只能說，他們之所以沒問，是因為根本不在乎。霍華想要談論諾曼地登陸，以及在巴黎解放之後，法國女孩對他們表達歡迎的方式。霍華的妻子——我忘了她的名字，則不時叨絮著自己隨身攜帶美國衛生紙眞是個明智之舉。

他們並非沒理會我。霍華在後車箱裡找出了一件在法國花了一筆錢買的織毛浴袍，我以爲這是毛巾，用它擦乾身子後才發現自己的錯誤，於是將它穿上。這時霍華的妻子才看向我。之前我幾乎是光溜溜的，雖然腰際上仍然圍著我裝錢的腰包，但仍有相當程度的暴露。

他們爲我沖泡了咖啡。他們有隻裝著熱水的保溫壺，霍華的妻子不僅帶了衛生紙，還帶了一小罐純正的美國即溶咖啡。他們提議載我回巴黎，但是我沒把握自己是否可以和他們長時間相處，而不發生任何嚴重的狀況。我同時也想到，這可能是個陷阱，他們帶我去巴黎，只是爲了將我交給美國大使館。關於這一點，我告訴自己，眞是無稽之談。但是，如果我的腦袋還能做此幻想，只證明了在做出任何決定之前，我需要休息幾個小時。我隨他們的車到了康城，霍華繼續說著關於美國戰士優於其他軍人的這個基本原則。霍華的妻子說了很多次「是的，親愛的」，當霍華燃料耗盡時（這是象徵性的說法，不是字面意義，感謝聖人），她告訴我，他們來自伊利諾州的松特利亞。我說，我有個阿姨住在華盛頓州的松特利亞，我不知道爲什麼自己這麼說，這不是眞的。霍華的妻子說這兩個城市常被搞混，有時候他們的信件會被誤寄到華盛頓州的松特利亞。我說，我的阿姨也常常提到相同的問題。

我在康城市郊離開他們。「呃，我不打算把這件浴袍從你身上剝下來。」霍華說，「不能這麼做，即使這裡是法國也一樣。

「所以，我把名片留給你，」他繼續說，「你用完之後，請把浴袍寄回來。」

我懷疑他最後曾否收到浴袍。我把它留在康城市郊一座蘋果園裡的附屬建築物中。雇佣都住在這屋子裡，我抵達的時候，他們都外出採蘋果了，於是我一床一床地找，直到找到一條合身、扣鈕釦的燈芯絨長褲和一件法藍絨襯衫。從另一個床鋪下，我挖出兩隻厚厚的白襪，以及一雙前端釘有鐵片的短筒哥多華皮短靴。我把織毛浴袍留下來做爲交換，還把霍華的名片放在口袋裡，假設他們萬一想要把浴袍寄還給他的時候可以使用。

能再次穿上內衣眞是好。

我在附近另一處果園裡的蘋果樹下伸展脊背，讓世界沉澱下來。這天晴朗溫暖，熱氣逐漸逼退我體內的寒意。我橫渡了英吉利海峽，可說已完成年少的夢想。我充滿活力，身子乾爽，算得上暖和。身上不但穿著衣服，腳上穿著靴子，腰際還掛著九百美元。如此豐富的資產，我甚至不想去思考會計帳面上的另一欄，只想回到美國。

是啊。

呃，要不還能做些什麼？我沒辦法依照計畫飛往喀布爾，因爲那些打算推翻阿富汗政府的小丑們會以砲火相迎。我沒有護照，也不能飛到任何地方。如果警察抓到我，就會將我遣送到英國，而英國人會在我脖子上打個結。再說——

菲德菈，我這樣告訴自己。甜美單純的菲德菈．哈洛，或是黛博拉．霍洛維茲，如果大家覺得這個稱呼比較好也可以。想想菲德菈吧。

噢，管她去的。我已經盡了全力，而且——

但是我爲了她殺了一個人，不是嗎？但是這個可憐的孩子被拘禁在阿富汗的妓院裡，一天被強暴個二、三十次，我再怎麼樣也不會爲她帶來什麼益處，而且——

那好，我惡劣地想。她活該。

我挺起腰桿站起身。對於自己決定繼續前進，我不敢自傲。雖然我希望能將一切歸功於自己對於菲德菈的關懷以及道德勇氣的驅使，但是我得承認，確實還有其他因素存在。因爲，去阿富汗畢竟不會比去紐約來得困難。不管做何選擇，我都因爲謀殺而被英國政府通緝，美國更有可能引渡我。不管做何選擇，我都深陷泥淖，當一個人不費吹灰之力就可以扮演英雄的時候，選擇一點都不是難事。

我一路搭便車到了巴黎。任何人在巴黎都有朋友，而我有些特別有用的朋友。一個來自阿爾及利亞殖民地的家庭塡飽我的肚子，讓我以酒解渴，他們的一名友人開著一輛遍布凹痕的雪鐵龍載我穿過城區，來到蒙帕拿斯區的哈斯派大道，一位曾經與他在美洲國家組織共事的老戰友家中。光論外表，這位老戰友絕對贏不了任何選美比賽，一枚塑膠炸彈提前引爆時，讓他失去了一隻手和大部分的面孔。他拿走我的五百美金，消失在夜裡，大約三個小時之後，我面帶責怪地看著雪鐵龍駕駛。

「每個人都說雷昂是個値得相信的人。」他說。

我什麼話都沒說。

「然而，五百美金是一筆大錢，有兩千五百法郎，是吧？」

我承認。

「一個人不該把羊群交給飢餓的狗兒來看顧。」

的確不應該。

「所以我們應該要等，」我的司機說，「要等著看。」

天還沒亮，雷昂就帶著一本比利時護照回來，持有人的名字是保羅‧莫奈。莫奈先生五十三歲，五呎五吋高，體重兩百一十四磅。這些數字並不是目測，而是白紙黑字寫在上面，經過換算，我才知道自己與莫奈先生差距甚遠。照片上，他的面貌特徵和身材數字同樣離譜：圓臉禿頂加上可愛的小鬍子，他看來比較像豬小弟，而不像伊凡‧譚納。

「這是本眞的護照。」雷昂說。

「莫奈先生呢？」

「莫奈先生被蒙帕拿斯精力最充沛的妓女給帶上床去了。」

「從他的照片來判斷，」我說，「這可能會害死他。」

「的確。」雷昂同意。「就在最高潮的一刻，啐！欲仙欲死變成眞的死透透。他的護照才會流到市場上，就因爲這樣，我們才能確定莫奈先生不會去申報遺失。」

我的司機說，「人要死，這種方式眞是再甜美不過了。」然後在車上他說，「我必須爲雷昂的事道歉。我以爲他是個値得信賴的人。」

「他帶了護照回來。」

「如果他那本護照花了超過一千法郎，那我就是恩佐．法拉利和羅馬尼亞瑪莉皇后的私生子。花了兩千五百法郎，應該可以拿到一本適當的美國或英國護照，而不是本還要再動手腳處理的不入流比利時護照。雷昂當然應該賺錢，但這簡直是強盜。」

「我本來以爲他根本不會回來的。」

「啊，」我的司機說，「但我不是保證過，他是個値得信任的人嗎？」

我的理髮師也是個値得信任的人。他是少數身在巴黎、卻沒有堅持自己在革命之前是個王子的白俄羅斯人。他說自己曾是理髮師，現在也仍然是，隨著年歲出現的顫抖指尖只稍微影響了手藝。他承認，要幫我整理成護照上的樣子不是件容易的事。他替我修了臉，留下與莫奈先生相仿的鬍子，還教我如何用眉筆修飾，看起來才不會像原本一樣稀疏。他將我的頭髮染成黑色，千方百計想要剃掉部分髮絲，但最後我們達成協議，認爲剃光的頭與眞正的禿頭實在不像，所以，與其從自己的頭上剃除頭髮，我在莫奈先生的照片上加了些髮絲。

其他方面我無計可施。有了專業工具加上浸淫數年的經驗，一名好的護照藝匠，絕對可以施展足以偷天換日的把戲。我認識兩個這樣的人，一個在雅典，另一個在曼哈頓。只是我在巴黎沒有熟人從事這個行業，也沒時間去找。對這樣的藝師而言，修改莫奈的身高體重來符合我，簡直如同兒戲。就眼前的況狀而言，我只好仰賴一個事實，就是一般的移民官員都不會有耐心地花時間檢查護照。

當天下午，我動身離開巴黎。另一名阿爾及利亞移民開著同一輛雪鐵龍，載我到奧里機場。我穿著一套中價位的成衣西服，衣服的剪裁讓我了解爲什麼歐洲人要量身訂製衣服。然而，這身西服比蘋果工的行頭更適合我的新身分，我把那些衣服塞入一只仿皮製的箱子，隨身攜帶。

我飛到日內瓦和蘇黎世。第二天早上，我前往蘇黎世的羅伊銀行，我在這裡有個簽名帳戶，用來存放無法帶進美國的金錢。檢查過帳目，我發現自己有一萬五千瑞士法郎，大約將近三千五百美金。

我請他們再查過一次，回報的數字依然相同。很難相信自己在如此短的時間裡，就捐贈了這麼多錢出去。我支持衆多理念卓越的組織，看來，所捐贈的金額也比自己的認知更爲慷慨。

「我以爲數字會更大。」我說。

「如果先生您需要一位會計——」

「噢，不必，」我說，「我相信你們。」這話聽起來不太對，經理看起來非常不高興。「我是說，我一定是用減法的時候忘了進位，」我說，「可能是這樣。」

「您說的是。」他懷疑地說。

「我得多存一些錢進來，等我找到菲德菈，從——」我突然發現自己說漏了嘴。「——從我要去的地方回來以後。」我結束句子。

我不想結清戶頭，於是提領了價值三千美元的美金債券。留下來的金額如此之少，銀行一定抱持著高貴情操，才會爲我服務。我換了一些瑞士法郎和一些英鎊，憑著直覺，還在赫申葛本的一處珠寶大盤商處買了價值幾百美元的黃金。

我去看一場電影消磨時間。還沒來得及發現這部電影是我在樸茨茅斯看過的《火車大劫案》並改成德文配音之前，就已經踏進了電影院，片子的結局仍然相同。該死的蘇格蘭場逮捕了大部分的人。

我搭計程車前往機場。沒辦法回家，不能回去英國，也不能去喀布爾，因爲那些間諜會將我生吞活剝。不能前往印度或是巴基斯坦，因爲花費會過於龐大，我身上只有三千美金，僅足以買到菲德菈的自由。我不能去伊朗，因爲班機會經由雅典或伊斯坦堡轉機，基於政治理由，我既不能去雅典，也不能去伊斯坦堡。也許可以去巴格達，但我不確定伊拉克人將我與庫德族反抗軍的關係看得有多嚴重。也許可以去阿曼，除非約旦人知道我是斯特恩幫的成員。

我覺得自己像是沒有國家的菲利浦・諾藍（譯註：十九世紀美國新英格蘭牧師作家赫爾科幻小說《沒有國家的人》中的人物。），時空錯置、難民、無家可歸、沒有人要——

於是，我去了台拉維夫。

7

觀光客要進入以色列，所持的護照和行李都必須歷經詳盡檢視。究竟這是例行程序、還是檢查人員接獲特別線報，我無從得知，但顯然莫奈先生的護照沒辦法讓我進入這塊樂土。

於是，保羅．莫奈離開了觀光客排列的隊伍，加入一列打算長久移居以色列的陣仗。在這一排，沒人會仔細檢查護照。我用希伯來語告訴官員，自己打算完成畢生的夢想，回到祖國的懷抱。他用希伯來語表示，我絕對會受到歡迎。「你已經會說我們的語言，」他說，「對你來說如虎添翼，對我們也無異是一種鼓勵，讓我們更歡迎從歐洲來的新移民。來自中東的西葡裔猶太人充斥國內，更別提堆積如山的文件了，想想看我們有多少文書工作要處理！但是我非常樂於協助你。」

他快樂地協助我，很快的，保羅．莫奈先生便填好了成爲以色列公民的初步申請，說明自己是猶太人，有一位猶太母親，後者在以色列是不可或缺的條件。「所以你看，我們比希特勒還要嚴謹。」移民官員開著玩笑。「祖父母其中有一個猶籍，就可以進入奧許維茲集中營，但你得要有個猶太母親，才能進入以色列。」

我完全不知道那位眞的保羅．莫奈先生是否眞有個猶太母親，同樣也自己的父母是否是猶太人，雖然我依稀記得父親有位姊妹嫁給了一個名叫莫利茲．的男人，從此之後其他的家人就開始不與她說話。我從來沒能完全確定她被放逐的究竟是因爲她的丈夫是猶太人，還是德國人。

但是當我塡完移民表格後，我覺得與米娜的朋友米蓋爾突然有了一層親密的他會在猶太節日留在家裡，而我是斯特恩幫的一員，並即將成爲以色列這塊土地民。就像在裸麥麵包的廣告裡說的一樣：不必是猶太人也可以。

我站在革爾雄的公寓裡，看向台拉維夫的市區。「許多美國人會把我們的城市與舊金山相比，」革爾雄說，「但我從來沒去過。你有發現任何相似之處嗎？」

現在的確有。我搭乘計程車離開機場，腦子裡只想著這裡的司機和紐約人一樣地折磨自己的車。

「我和齊維說了，」革爾雄繼續說，「你記得嗎，當我們第一次見到你的時候，他也在布拉格，伊凡。他得去猶太教堂參加他父親的週年悼親日，等一下就會過來。你還記得阿黎和含姆吧？」

「記得。」

「含姆在西奈半島的軍隊裡，我好幾個月沒看到他了。還有阿黎，你上次看到他的時候，他的雙腿都還健在，六月的戰爭時，他搭乘的吉普車直接中彈，失去了一條腿，能活過來已經算是幸運了。所以，他現在在西布倫做行政工作。那是個文書工作，替大以色列新土地管理單位準備訂單。你應該可以想像得到，這個工作對他來說一點也不有趣。但聽說明年選舉時，他會競選國會的席次。在以色列政壇上，木腿幾乎和木頭腦袋瓜可相互匹敵。」

「在美國也是一樣。」

「我聽說過。」革爾雄一隻手穿過自己濃厚的黑色鬈髮。「真懷念過去的歲[illegible]很快就可以再看到齊維，其他人要等到你下次來的時候了。你一定餓了，我這[illegible]個阿拉伯女孩，每個星期來清理兩次。她明天才會來，所以公寓現在一團[illegible]法則的肩。「但是我得自己煮飯，我在這方面的技能有限，只能做三明治。你是[illegible]嚴格奉行者嗎，伊凡？」

「不算是。」

「在肉品三明治上抹上一點奶油（譯註：猶太人在飲食潔淨的原則內，肉類和奶類不可同時食用。）——」

「一點也不會讓我不舒服。」

「感謝老天。」革爾雄說。他從廚房出來時，端著一盤黑裸麥薄切三明治。我咬了一口，然後看著他。

「斑馬三明治，伊凡。你在美國可能沒吃過這類東西。」

「從來沒有。」

「事實上，出了以色列，斑馬肉可說是不為人知。聽說斑馬肉吃起來像極了禁食的豬肉，然而斑馬是偶蹄動物，合乎飲食戒律（譯註：飲食戒律中規定只吃偶蹄和反芻的動物，例如牛、羊。）。比方說這些三明治，吃起來就像是火腿三明治。」

「相似度眞的很高。」

「斑馬是老天爺送來的動物。」革爾雄的雙眼明亮。「比方說，煎點斑馬肉，加上雞蛋來當早餐，眞是絕妙的搭配。據說嚐起來像培根肉，但是當然啦，我是無從比較起。」

我吃掉其中一個三明治。「這，呃，斑馬，」我說，「是進口的嗎？」

「噢，不是，飼養斑馬是以色列的本土產業，但也許養殖戶想要保護業務機密，所以在國內很難看到這些黑白條紋相間的動物。然而，開車經過郊區的時候，還是可以聽到牠們在畜欄裡發出的特別叫聲。」

「牠們發出怎樣的聲音？」

「ㄍㄧㄨㄧㄛㄧㄥ，」革爾雄說，「啊，伊凡，我的同志，想在現代以色列快樂地過生活，就得在想法上與猶太法典有個轉圜。在神權治國、曲背彎腰的居民，和卑鄙成性的西葡裔猶太人之間，光是要讓自己的國家在國際間出頭就已經讓人忙到不可開交了。你知道嗎，有些蠢才要把西奈半島交還給納瑟（譯註：一九五六年，以色列加入英國和法國，出兵進攻納瑟領導的埃及，占領西奈半島大部分地區。美、蘇兩國分別施壓，以色列後來撤兵。之後在一九六四年，阿拉伯國家領袖以納瑟為首，在開羅成立巴勒斯坦解放組織。），把戈蘭高地歸還給敘利亞，甚至還有人願意把耶路撒冷還給約旦國王胡笙。但是，國土是任何一吋都不可以歸還的。」

「聽說在和平協議中，可能會要求歸還西奈半島和約旦河西岸土地。」我說。

「和平？」革爾雄沉重地嘆息。「和平，」他說，「和平是一瓶啤酒，伊凡。」這個說法一直到齊維加入我們之後，才讓我茅塞頓開。革爾雄拿出當地啤酒招待我們，品牌的名字是「夏龍」（譯註：平安、和平之意。）。「我們不需要和平，伊凡。這是什麼戰爭，竟然是贏家向落敗者讓步？歷經數年的挑釁，我們終於在一年半之前的六月，在短短的六日間，就將阿拉伯世界完全擊潰（譯註：即一九六七年著名的以阿「六日戰爭」。）。如今，荒漠將要出現甘泉，我們即將爲從世界各地回到祖國的猶太人重整生活空間。誰有資格談論和平？邊境上，每天都有事故發生，勝利只會讓我們益發堅強，背負歷史使命……」

我的大腦自動進行翻譯，將詞句從一種語言轉換成另一種語言。閃電行動變成blitzkrieg，生存空間轉換成lebensraum。我記得自己是在阿特尼街上一處冰冷公寓中宣示加入斯特恩幫，誓言從但城直到別是巴城這個歷史上的邊界爲範疇，在約旦河的兩岸重建以色列。我發現，誓言所使用的語言並不十分具決定性；但城及別是巴城設定了南北兩端，但是「大以色列」則有可能延伸到約旦河的東西兩側，各家自有解釋。

這些想法不會受到歡迎。我重重咬下斑馬肉三明治，咀嚼，吞嚥。當革爾雄停下來的時候，我開始說到阿富汗，以及一個名叫黛博拉．霍洛維茲的女子。

在齊維加入後，我再次述說這個故事。這兩人對菲德菈命運的這個傳奇故事既激賞又投入。一名猶太好女孩被阿拉伯人綁架。我解釋道，阿富汗人並不是阿拉伯人。但他們是穆斯林回教徒，不是嗎？我承認他們的確是。穆斯林，阿拉伯人，全都是一樣的，不是嗎？呃，我說，這倒是有些誇大。齊維引述猶太戒律，說明以色列的女兒們不得爲妓。這一點讓革爾雄短暫分神；他開始懷念起雅法市裡的一個葉門移民女孩，這個妓女有種不可思議的能力，可以控制肌肉。齊維銳利地瞪了他一眼，革爾雄話講到一半，就放棄了這個話題。

「我們要和你一起去，」齊維堅定地表示，「我們要拯救這個黛博拉，將她送回先祖的土地。我們要將她帶出阿富汗，脫離束縛之屋。」

這個想法頗能引人入勝。我開始想像海水分爲兩半，齊維、革爾雄、菲德菈和我踩著陸地，穿越阿拉伯海。

「你們在這裡有事要忙，」我說，「只要克服小小的困難，就可以拯救黛博拉。」我眞希望自己能相信這一點。「只要我能從這裡去到約旦，就可以自己處理了。」

「啊。你想要進到約旦去？」

「是的。」

「但這對你來說沒問題的，不是嗎，伊凡？」齊維微笑。「你是美國人，可以進入約旦。」

革爾雄說，「但是他到過以色列。胡笙會讓他進去嗎？」

「也許吧。當然了，埃及人對這種事比較嚴苛，但是約旦人——」

我打斷他的談話，解釋自己手邊恰好沒有美國護照，就算有，也不能拿它進入約旦。我得溜過邊界。「我想這在戰前是比較容易，」我加上一句，「當時約旦人還保有西岸，但是如果你們無法告訴我從哪裡過去最理想——」

兩人交換眼神。齊維對革爾雄說了些話，提到自身任務的絕對機密性，然後革爾雄指出我是個虔誠的斯特恩幫成員，並對捷克有著偉大的貢獻，更別提對組織慷慨的財政貢獻。齊維想了想，決定支持我。

「我們要加入今晚穿越邊界的團體，」他說，「你可以加入我們。」

「非常感激。」

「你得打扮成阿拉伯人，我們會提供合適的衣服，但是如果你能在剩下的幾小時內先學會一些阿拉伯語，對你會有好處。」

我用阿拉伯語說道，這問題不大。齊維抬抬眉毛。「接下來，你會告訴我們你知道怎麼騎駱駝。」

「這話我可說不出來。」

「啊，但是你得學。我們往東邊開車到拉蒙。你知道這個地方嗎？離哭牆不遠，由於約書亞沒有夷平這裡的城牆，所以這個城市不太有名。拉蒙是個古老的城鎮，當約旦人撤到河的另一邊時，城裡大部分的地區都荒廢了。我們的駱駝會等在那裡。」

8

十七世紀時，一位名叫阿里・馬爾但・汗的阿富汗貴族，在喀布爾市區及其周邊豎立各式的國家紀念碑塔，藉此展示自己的公益精神，其中最偉大的，是一座拱狀有頂的玩意兒，稱做席哈廈塔。它的四翼總長達六百呎，寬幅約三十呎。首先，喀布爾就坐落在這個美麗的地點，棲息於群山之間，城市的三側各有高峰聳立，市裡的建築物很是醒目，加上了席哈廈塔，更是令人驚艷。

一八四二年，英國將軍波拉克撤出喀布爾。撤退時，他夷平了席哈廈塔，以示對喀布爾叛節的懲罰。將整座紀念塔夷為平地，以儆英皇的所有人馬。

我沒辦法認真責怪波拉克將軍。喀布爾就是這麼一座城市，深不可測。

在我到達城市的二十一個小時裡，就有三次差點失去性命。

這就是它的深不可測。

且慢，一分鐘前，這個人不是還在以色列嗎？說著要騎駱駝什麼的？

的確如此。只是，這並不是在一分鐘前，真的，而是數週以前，並且在騎乘駱駝之後（沒騎過的人不可能了解這種動物有多麼惡劣），還經歷了驢子、騾子、拋錨車、卡車，以及長途的徒步跋涉，總之，幾乎是極度無聊到不可思議的程度。呃，事實上，不能說是無聊。與庫德族叛軍並肩坐在山中營火旁，不能算是無聊；在德黑蘭外幾哩的村莊裡吃塞著小麥、杏仁和杏子碎片的羊膀胱（這東西嚐起來比聽起來至少好個一千倍）也不無聊；阿富汗土耳其的山色、語言（有些新的，有些聽來半知不解）和人民更稱不上無聊。

只是，真是個苦差使。我不停在行進，就是找不到加快速度的好方法。旅途遙遠，路況甚差，由於未持有效證件，讓我只能以避開主要道路的方式行進。

於是，這段旅程花了好些時間。親身經歷這一切，比搖筆桿寫下過程大綱還要費時。沿途發生的事，就是最後什麼也沒發生，我仍然活蹦亂跳，抵達喀布爾，接著，世上其他的人突然覺得我不但活太久，還活得毫無價值，於是傾力改變這個事實。

我在日暮時分抵達喀布爾市郊，再花一個小時到達市中心。我在一家咖啡館前停了下來，一個蓄著小鬍子、嘴裡裝著不鏽鋼牙套的老人家，正彈奏著某種介於烏德琴和曼陀林之間的樂器。我喝了一杯極其濃烈苦澀的咖啡，吃掉摻有碎麥和乾果的肉飯，觀看一盤雙陸棋局，還多嘴插話，接著再喝了另一杯咖啡，詢問一位同在棋賽中評棋的同好，是否認識一名叫阿曼努拉的男子。

「我認識賣魚的阿曼努拉，還有書鋪老闆哈地的兒子阿曼努拉。」

「也許他指的是燈具老藝品店的阿曼努拉。」一個下棋的人如此建議。

「或是獨眼龍阿曼努拉，你找的是這個阿曼努拉嗎，kázzih？」

阿曼努拉在阿富汗常見的程度大概與廁所的蒼蠅一般，喀布爾到處都是嗡嗡作響的阿曼努拉。我吞吞吐吐地解釋，這是我所學到、唯一的帕斯圖語（譯註：居住在阿富汗南半部和巴基斯坦西部的人所說的語言。）表達方式。這是阿富汗的語言，也是根本不須如此複雜的數種亞洲語言之一，文盲在這個地區所占比例甚高，我個人認爲正應歸咎於此。他們當然無法讀寫，這個語言有三十七種動詞變化，其中有十三種不及物動詞，二十四種及物動詞。沒有人可以應付這種胡說八道的。

好了。我支支吾吾、意圖解釋自己的長途跋涉，就是爲了尋找一個名叫阿曼努拉的男子，我從來沒見過他，也不知道他的長相。

「我不知道他父親的名字，」我說，「阿曼努拉個頭很大，頭髮灰白，長長的白頭髮，是個奴隸販子。」

「啊，」評棋的人沉思著，「白毛阿曼努拉。」

「奴隸販子阿曼努拉。」黑方的棋手說。

「你們知道我可能在哪裡找到他嗎？」

「我不認識這樣的人。」評棋的人說。

「沒聽說過這個人。」另一個人說。

我常在想，如果沒有奧芬戲院聯盟（譯註：旗下擁有許多輕歌舞劇劇院以及電影院。），這種老式的輕歌舞劇要何去何從。我回到自己的桌邊，再喝了一杯咖啡，然後留下幾枚銅幣在桌上，走到外頭，當我正把小零錢包塞回身上像袍子般的阿富汗衣服裡時，它掉了下來。我說的是零錢包，不是衣服。

於是我彎下腰去撿，結果我的頭巾被吹開來。

這似乎有些蠢。天氣幾乎是完全無風，不可能有足夠的氣流來吹掉某人的頭巾。我說，「搞什麼鬼？」這句話在帕斯圖語裡大概完全沒有意義，接著我轉過身去拾起頭巾，結果上面插了支匕首。

如果零錢包沒有掉下去，匕首就會插到我的後腰或附近。

我環顧四周，沒看到任何人。我再次盯著匕首，好確認它還在原處。它的確還在。我突然想起恐怖電影裡老套的劇情，某個傢伙走進波士頓的一間酒吧，問起一個名叫奇里阿圖的人，然後搭上一班前往聖路易的噴射機，再租下一架私人飛機到太陽谷的山坡，在滑雪纜車上爬到半途的時候，某人拿了把自動手槍抵著他的背，接著有個聲音說，「我是奇里阿圖，你找我做什麼？」

我一向反對電影裡這類型的無聊片段。但是在這裡，我走進了一家咖啡館，問了一些關於阿曼努拉的蠢問題，結論是這個人非但沒人認識，而且根本沒人在乎，接下來我跨了三步走出門，某個人就拿把匕首插到我的頭巾上。

我斷定，這其間一定沒有關連。以密探爲業，才會心懷偏執的妄想。歷經幾年的實戰經驗之後，就算是被毒蟲襲擊，也可以解讀出事件背後的國際陰謀。每件發生在你公寓裡微不足道的闖空門竊盜案，都是掩飾間諜搜尋祕密文件的活動。顯然，某個阿富汗的低劣角色純粹是貪圖掉落的錢包，才會試圖把我幹掉；或是如果大家寧願相信，事情是某個死硬派的民族主義分子聽到我說他們語言的使用方式不當，才會想要對我做出我對他們語言所做出的事，也無不可。但是很明顯地，這與菲德菈·哈洛或白毛阿曼努拉一點關係都沒有。

我將頭巾上的匕首拔掉，在袍子上找到個地方來安放。這把匕首令人印象深刻。把手是某種骨製品，還精工鑲嵌了珠母貝；質地精良的鋼質刀刃，雙面都有蝕刻的幾何圖形。這是那種在謀殺天后阿嘉莎．克莉絲蒂最早期的小說中，英國紳士會隨身攜帶的武器。

一開始，想到得重新開始尋找阿曼努拉，我就一陣緊張。但是我對自己說，別傻了。幾分鐘之後，我誠心如此相信，於是繼續尋找白毛阿曼努拉的蹤跡。

接下來的幾個小時裡，發生的事情多爲奴隸販售報價，就沒有什麼其他的消息了。我得知在阿富汗，奴隸制度是違法的，情況一如美國賽馬的場外下注。據我觀察的結果，在喀布爾買奴隸和在曼哈頓下注的難易度相當，也許還要更方便，因爲販賣奴隸的生意好像比登記賽馬賭博這一行來得有競爭性。我繼續到處走動，打探奴隸販子阿曼努拉，發現自己沿路被介紹給其他手上有奴隸要賣的男人，可惜，這些人恰巧都不是阿曼努拉。

喀布爾在半夜和黎明之間變得非常安靜，所有的店面幾乎都打烊了，街道上空無一人。一股從北邊吹來的風既冷又乾，清晨時分，我一直待在馬具商店的門口，把自己瑟縮成一團，試圖取暖，並重整思緒。兩者都十分艱難。

太陽匆匆上昇。我抖掉袍子上的灰塵，繼續在喀布爾漫步，開口詢問更多的問題，在某地啃咬麵糰餅，在他處啜飲咖啡，漸漸地走向城裡最古老的區域。這裡的街道極爲狹窄，道路兩側的小屋占據了街道剩餘下來的空間，連摩托車都不可能上街。骨架笨重的阿富汗工作用馬匹和小巧的波斯驢緩慢耐心地踏過街道。在一氧化碳出現之前，空氣早已歷經數個世紀的汙染。太陽越是高掛，困在過度擁擠房舍間的熱氣就越顯沉重。

午後沒過多久，人行道上販賣令人生疑香腸的一名小販，閉上他唯一一隻正常的眼睛，想了一會兒，用滿是煙漬的指頭扯扯鬍子，再打開那隻好眼睛，沉思地對我點點頭。「一個高大的男人，白色的長髮垂肩，」他說，「胃口奇大的人，日以繼夜地吃，肚皮就快頂出袍子外頭去了。這個人和外國人做交易，歐洲人、印度人，還有中國山區韓先生的兒子們，從他們手上買女人，再把她們放到鄉下的慰安女奴院，當礦工的洩慾對象。你在找的是這個阿曼努拉嗎，kâzzih？」

「沒錯，老頭。」

「他是我老婆的妹妹的丈夫的哥哥。」

「啊。」

「你和他有生意往來嗎，kâzzih？你手上有女人要賣嗎？」

「我有事找阿曼努拉。」

「聽你的口音，應該是從大老遠的地方來的。你是阿富汗人嗎？」

「我母親是阿富汗人。」

「啊。如果你去四姊妹咖啡，kâzzih，就可以在那裡找到他。阿曼努拉。你告訴他香腸攤的塔辛向他問好。祝你生意昌隆，kâzzih。」

「祝你路越走越順，一路順風，塔辛。」

「好運相隨，kâzzih。」

四姊妹咖啡是一間位處老城中心深處的小酒店。客人們坐在充當座椅的截短酒桶上，姊妹中的其中兩個穿梭其間，其中一人幫我端來杯甜白酒。如果所有的阿富汗女人都長得像這兩姊妹，那麼我就可以了解爲什麼阿曼努拉的生意會如此興隆，我不記得曾經看過任何比她們更難以形容的醜女。

不管是否難以形容，我還是和她說了話。我詢問阿曼努拉，並且很高興地注意到她完全知道我在說什麼。我們甚至不必套用輕歌舞劇般的例行演出，去界定哪個阿曼努拉才是我要找的人。

「他每天都來，kâzzih。」

「那麼，他現在也在這裡嗎？」我沒有看到任何合乎他長相的人。

「啊，他離開了。」

「他會很快回來嗎？」順便一提，在帕斯圖語裡沒有未來時態，這就是至今所記錄的對話都有些誇張的原因。現在式的用法可應用在現在時態，以及未來和條件式當中；未完成式則可適用於所有的過去時態。「他今天下午會再來這間咖啡館嗎？」

「據說他到西邊出差去了，會在晚上回來，但是我不知道他會不會過來喝一杯。」

「謝謝你，姊妹。」

我放下酒杯。有人擦過我的桌邊，幾乎把杯子給撞落地。我救起杯子，拿起來，一口也沒喝地將它擺好。某樣東西觸動我的心弦，但是我分辨不出曲調。經過我桌子的男人——

我起身，四處尋找。他剛踏出咖啡館。我跟著他出去，在人群中失去他的身影。我瞥到他的小眼睛和黑色的鏠型鬍，接著就不見了。

我回到咖啡館。角落裡有個老男人猛烈咳嗽，雙拳拍打泥土地。他臉上泛著藍光，一副死到臨頭的模樣。他的一些朋友簇擁在身邊，其他的酒客則視若無睹。

我回到自己的桌子，但是酒杯不見了。我想，應該是侍者收了起來，又想起來，那酒反正太過甜膩，於是決定自己也不想再喝了。

走出門時，我聽到老人喉頭發出死亡的喀喀聲。

第三次是個魔咒。

我並不眞的認爲，光憑一把插在頭巾上的匕首，就足以讓任何人釐清亂七八糟的一團事件。儘管如此，我猜自己應該是在四姊妹咖啡館裡領悟出其中的意涵。我自己的酒杯不見了，一個老酒鬼把自己咳死；一個看來眼熟的男人經過我的桌旁，差點就潑掉我的酒。就算是呆頭鵝也可以猜出，鑲型鬍男子放了某種毒藥到我的酒杯裡，結果在我走出咖啡店時，這杯毒酒被其他人拿去喝掉了。如果這一切是我在書上讀到的，那麼我一定也可以替自己猜出來，但不同的是，我正在經歷這一切，因此也使事情更加困難。

應該就是這樣了，我很確定自己在阿富汗不認識任何人。我在各地幾乎都有熟人，但在阿富汗卻是人生地不熟，說來這點十分値得注意；因爲患難才能見眞情，眞的。如果阿富汗沒有人認識我，不應該會有人把匕首插進我的頭巾，或在酒裡下毒。

當天下午，我好幾次重回四姊妹咖啡館。阿曼努拉一直沒有來。其他的時間，我到處亂逛，感受這個城市的氛圍。就像是導遊書上所說的反差，寬廣的大道對照著老城區裡的狹窄街道。城裡有一些外國人，大部分是來自喀什米爾的巴基斯坦人，以及少數形形色色的俄國人。儘管如此，大部分的人都是阿富汗人，其中大部分的人穿著都與我多少有點相似——皮拖鞋、像極了古羅馬袍的鬆袍子，以及像頭巾一樣的東西。

到了日落時分，我餓腸轆轆，開始朝四姊妹咖啡館的方向遊蕩過去，我在路上的一間小屋前停下來，它中央的煙囪將烤羊肉的味道往門外送。我走了進去，站在一個長櫃台的前方。一名矮胖的男人從炭火架上取下羊排，在上面撒了某種無法辨認的綜合香料，然後啪的一聲把肉放到他擺在我面前的鑄鐵盤上。我想，就入境隨俗，於是乎用手拿起羊肉來啃咬。我從眼角餘光看到遠方角落裡，有另一個男人正瞪視著我。我轉過身去，看到其他一些吃飯的人都從遠處牆邊的一個桶子裡選出刀叉。所有的人都在看，好像我是個野蠻人。爲了修正舉止，我到小桶裡拿了刀叉，走回來繼續吃。

正在吃的時候，廚子舀了勺碎麥和米到我的盤子上。羊肉外焦內生，氣味腥膻，碎麥和米則十分搭調。我注意到有人喝著某種像是啤酒的混合飲料，於是在廚子經過時，指向那個用餐的人，然後比劃出喝東西的動作。結果這個飲料是有著不尋常味道的啤酒，最後我認出是腰果味。這實在沒道理，腰果是西半球的作物，世界貿易必須要有極大的進展，才能從南美洲將腰果海運到阿富汗的啤酒廠。後來，我才發現為啤酒加味的阿富汗豆和腰果的口味有些相似。

我喝了兩公升啤酒，吃光了羊排。這不算是我喝過最順口的啤酒，但口味讓人上癮，接著我又點了另一杯啤酒，幾大口下肚後，才想到應該要先解放一些舊啤酒，好替新啤酒騰出空間。

洗手間這種東西並不存在，有的只是在後牆牆腳的一個溝槽。我走到這個地方，正進行通常會對著尿斗做的動作時，小屋猛然爆炸。

瞬間一陣錯亂，我以為是自己的尿造成爆炸。我猜，如果啄木鳥在樹上工作時，剛好有伐木人劈下最後一斧，牠應該就是這種感覺。畢竟，這是個不可多得的超凡經驗。一分鐘前我正對著這棟建築物撒尿，下一分鐘這該死的小屋就消失了。

這個近乎全面性的損害幾乎徹底摧毀小屋，引發了混亂。寂靜隨著爆炸聲之後出現，持續了大約十秒鐘。然後喀布爾的每個人都開始大聲呼叫。

爆炸的威力將我擺平在地上，也許這樣倒好，因為小餐廳裡多數的東西都往外炸，站著擋在路上不太明智。當我毫髮無傷地用雙腳站起來的時候，混亂的程度達到沸點。遠處警笛聲大作，我這才想到身為一個沒有證件的外國人，此處不宜久留。

於是我果斷地對瀕死人們的叫喊及呼救聲充耳不聞，充滿英雄氣概地抗拒了拯救同胞的誘惑，甚至沒有回頭去看那杯啤酒。反正我不覺得自己會有什麼運氣，櫃台、炭火爐、椅子，以及大部分人都不見了。我用盡雙腿能夠負荷的速度，全力離開了這個鬼地方，結果這速度比預料中還要快。我疾速穿過街區，轉過角落，幾乎撞上鏟型黑鬍男。

他瞪著我。「你還活著！」

「你會說英文。」我聰明地回應。

「去你的，譚納！要怎麼做才能殺了你？」

他掏出全世界最巨大的一把手槍，指著我的臉。「這次你跑不掉了，」他說，「刀子傷不了，炸彈轟不倒，要溺死你也不可能，但是在你該死的腦袋上開個孔，也許情況會有所不同。」

「等一下，」我明辨是非地說，「你知道自己在做什麼嗎？你清楚嗎？」

他瞪著我。

「你正犯下一個錯誤。」

「說。」他命令我。

「呃。」我說，然後一腳踢向他的鼠蹊部。

9

攻擊鼠蹊部是必勝絕招。

我認為這個招數多少牽涉到些心理因素。即使這一踢遠離靶心，男人都會彎下腰呻吟，幾分鐘之後才會發現自己毫髮無傷。光用想的，這一踢就足以駭人聽聞，更何況我獻給鬍子老友的還不只是用想的而已。我正中目標，並且加足力道，所以啦，他可能再也生不出孩子來了。想到這裡，看看他可能遺傳給下一代的基因，再檢討目前世界擁擠的狀況，也許我這還算日行一善。

他不支倒地，槍掉了下來，於是我撿起來塞進袍子裡，和他第一次拜訪時留下的紀念品匕首放在一起。他倒了下去，笨拙地在地上爬，雙手攫著褲襠，發出極度悲慘的聲音。

沒有人理會我們。

我如果知道原因為何，那才叫奇怪。不知這純粹只因那間爆炸的餐館比兩個外國人的爭吵吸引更多注意力，或是阿富汗人尊重隱私，選擇不要涉入其中，但不管理由何在，我們都沒有受到干擾。我攙扶起鬍子老友，將他的雙手反折在背後，以便轉過轉角，順利朝目標地點的小巷弄走去。他走路的姿勢不甚流暢，用盡所有想得到的方法大開兩腿，蹣跚跨步。但最後我還是把他帶進巷子裡，壓著他緊靠著牆，他靠了大約五秒鐘之後，才又倒地癱成一團。

「如果你打算槍殺別人，」我和他講理，「就應該動手去做，沒有必要先告訴他，這只會給他機會去嘗試扭轉情勢。」

「你踢了我。」他說。

「好意見。很高興你恢復了思考能力，因爲這很重要。我要你們這些丑角們別再試圖來殺害我了。」

他架著下巴瞪著我看。

「因爲這樣做眞的沒意義。你知道的，我已經把你們這群白癡給忘光了。」想起他們在船上用俄文談話，於是我改用俄文。「你、雅科夫、戴立，以及其他的同夥，我把你們全給拋到腦後了。你不知道我吃盡多少苦頭才到達這裡。你騎過駱駝嗎？還是試過說服庫德族人，說你不是替巴格達政府來刺探的？或是在台拉維夫吃斑馬三明治？我當然不把你們放在心上。能把你們全給忘了是我的榮幸。」

「我們以為你死在海裡了。」

「不盡然。」

「然後彼得昨晚看到你。他看到你進城，接著拉夫跟蹤你，在你離開咖啡館時試圖殺了你。」他垂下雙眼。「他說，你好比有惡魔指引一樣。匕首出手時，你就倒到地上去。」

「呃，惡魔們告訴我要這麼做。」

「我試了兩次，也失敗了兩次。」他抬眼看我。「你現在要殺我嗎？」

「不要。」

「你不殺我？」

「殺你是我最想做的事，」我說，「但這只是浪費時間。如果我殺了你，你們只會再派其他人來。我要你帶個口信回去。你們似乎以為我會造成威脅——」

「你知道我們的計畫。」

「不見得。」

「你跑來阿富汗破壞我們的計畫。」

「不，絕對不是。我爲什麼要做這種事？」

「你是個間諜，又是謀殺犯。」

「就算如此，我對你們和你們的計畫一點也不在乎。我不知道計畫是什麼，只知道你們打算推翻阿富汗政府——」

「哈！你知道！」

「這麼說吧，我不認爲你們來這裡是要取得授權，好繁殖阿富汗獵犬。但是我既不知道日期，也不知道原因或——」

「你十一月十四日抵達喀布爾，還要讓我們相信你不知道政變日期是二十五日？」

「二十五日？」

「哈！你知道！」

「呃，這是你剛才告訴我的。」我轉過身，瞥向巷口。仍然沒有人理會我們。「換個角度想吧，」我說，「如果我知道了什麼，或是眞的在乎，就可以通知別人，這才可能合乎情理。但是既然你們已經知道我了，我又何必自己來喀布爾？我何不讓我的組織派個你們不認識的人來？」

「據說你很精明、很狡猾。」

我望向天際。天色漸漸暗下來，我一點也不怪老天爺。他說，「如果你不打算破壞我們的計謀，那爲什麼要來喀布爾？」

「我在找一個女孩。」

「那你得去妓院，一般女孩甚至不會和陌生人說話。」

「你不懂。我在找一個認識的女孩。她被綁架，然後被帶到阿富汗。」

「她在哪裡？」

「妓院裡。」

「哈！你得去妓院！」他的臉色明亮起來，然後陰沉下去。「你在打啞謎，」他說，「胡說八道，根本不可能弄懂你。你說有事情一定得告訴我，然後踹了我可憐的命根子。你在船上告訴我們說你不會說俄文，此時此刻卻和我用流利的俄文交談。」

「呃，你的腔調並不怎麼樣。」

「我是保加利亞人。」

「讓你輕鬆一點，」我用保加利亞語說，「好讓你聽懂意思，我們用保加利亞語說話，好對彼此都能放下戒心，你還可以帶口信回去給雅科夫，還有——」

「你認識雅科夫。」

「我見過那個狗娘養的東西。我當然認識他。」

「這全是騙局，」他悲哀地說，「你在船上說有人落水，那不是真的，然後當我們再看向你的時候，你就突然落水了。現在，你說你不會殺我，當然囉，我知道你會下手。」

「我很想。」

「哈！」

「我越來越想。」我一想到那間吃羊排、喝腰果啤酒的餐廳。這家餐廳以及裡面飢腸轆轆的客人現在都已經成爲過往，全都是因爲這個小雜碎和他的炸彈。

「但是殺你只是有害無益，」我說，「聽著，讓我們再試一次。我對你們沒有興趣。除了那個我到阿富汗來尋找的女孩之外，我根本不在乎你們的陰謀、阿富汗政府，或其他任何事。我甚至也沒辦法確定我是否在乎她，但是比起你們這些人，我當然更在意她。我也希望自己能活下去，不想要頭巾上插把匕首，或被人在葡萄酒裡下毒，或是對著牆撒尿時牆壁突然爆炸。不要插嘴，我只想要不受干擾。我會讓你走，你會回去這樣告訴他們，對吧？」

「你不會殺我？」

「正是如此。」

他的眼神狡猾起來。「也許，你是替中央情報局工作的？」

「這就是你們抓著不放的原因？」

「誰抓著我不放？」

「不是。算了。不，我不是中央情報局的人。事實上，中情局和我不太合得來。」

「你是中情局的敵人？」

「嗯，如果你不介意退而求其次的話，我想你可以這麼說。假如你願意，你甚至可以說我是俄國的好朋友、蘇聯的支持者，假如你高興，我還是保加利亞人民共和國的聯盟。」

「哈！蘇聯！」

「當然。」

「哈！保加利亞！」

「哈！沒錯，」我說，「所以請你告訴你的老闆，好嗎？那個肢體健全的雅科夫。告訴他我是好人，來這裡只是處理自己的事。還有，告訴他，看在老天份上，別再派人來殺我了，我不喜歡。」

他點頭。

「好，那麼，」我說，「我這麼做不是因爲我恨你，而是因爲不信任你。我知道自己這麼想很殘酷，但是我有個感覺，覺得你會試圖跟蹤我。」

「我絕對不會做這種事。」他說。

「不知怎麼搞的，你讓我非常不信任。甚至有種預感，只要給你足夠的時間，你可能還會再次試著來殺我。」

「我不是這種人。」

我瞄準他的鼠蹊部。我停下來，但是他一想到挨上一腳，就彎下了腰，雙手緊護，這讓我輕輕鬆鬆就抓著他的腦袋往牆上撞。我下手不重，因爲我想要讓他將口信傳給雅科夫；也不能太輕，因爲我不甚喜愛這位小個頭鬍子朋友。如果他醒來時頭會痛，我可一點也不在意。

我溜出巷口，不是像早先一樣直接走出去。我一直走到巷子盡頭，非常小心地把頭探出去，左顧右盼，再急急跑出去，消失在街頭另一端的影子中。

如果這群人只會浪費時間殺我，至少我可以提高警戒，沒道理讓他們順心如意。

名叫亞瑟・胡克的男人形容他是個大塊頭東方佬，白髮長及肩頭。香腸鋪的塔辛還加上了他胃口奇佳，肚皮足以頂破外袍。他們都沒錯。阿曼努拉——翁的兒子皮茲藍的兒子巴勞思的兒子，不但的確如此，並且有過之而無不及。

他是有那麼一點兒下垂感。他的頭髮直直垂到肩頭，顏色白得像是來自南方的判官，無精打采地像個太監。他的身體通體皆肥，鬆垮下垂，效果令人驚駭。一定有人在他腦袋埋在烤箱裡頭時甩上了爐門，才使他臉上橫肉四竄。他的一雙湛藍巨眼，與一口褐板牙，呈現極佳的對比效果。他的耳朵絕對稱得上龐然大物，耳垂碩大，如果他拍動這對耳垂，一定可以像小飛象般飛行，差別只在於他的體重更甚。就在我自我介紹的同時，他呑下一盤沙拉、一大塊乳酪、兩公升啤酒，以及半條厚麵包。他看起來幾乎不像是在進食，而像是吸氣般把食物吸進肚皮裡。

儘管如此，他卻是個極度迷人的男子，四周環繞一片善意的氛圍。我坐在他對面的桌邊，原本打算要鄙視他，發動之後卻發現，除了喜歡他之外，別無他法。

「啊，你帶來塔辛的問候，咯呵？」他打嗝的方式頗爲優雅。「香腸鋪的塔辛，他是，我想想看——」

「你弟弟的太太的姊姊的丈夫。」

「怎麼，kâzzih，你比我還了解我的家族關係呢！你說的對。你嚐過塔辛的香腸嗎？喀布爾街上沒賣更好吃的香腸了。雖然說在酒館裡可以吃到全市最好的食物。」

「我以爲酒館只有酒。」

「對我來說，有食物。對其他人，就不見得。我經常在這裡吃，這是生命中的樂趣。」他爆出一陣笑聲。「好像我眞的得說這些給你聽似的，啊？」他拍拍肚皮。「好像我的肚子還沒能充分證明我快樂的泉源何在？」他再次拍拍肚皮。「但是我好像光顧著吃，卻沒邀請你。你想要吃點東西嗎？」

「我不到一個小時之前才吃過。」

「吃過東西一個小時之後，我就開始餓了。你要酒嗎？」

「也許來點啤酒。」

他點了啤酒，另一個醜巴怪姊妹端過來。對話中，我問起爲什麼啤酒會有腰果味，他爲我說明了調味時所用的豆子。當我喝完啤酒，他幫我再點一杯。

「好，kâzzih，」他終於說，「你應該是來談生意的，是吧？」

「是的。」

「你做的是哪門生意？」

「一個女人。」

「只有一個？我懂了。要買還是要賣？」

「我要買。」

「有沒有中意的類型？年輕的老的、高的矮的，東方人還是西方人？胖瘦黑白？還是想要先檢驗我少得可憐的存貨，再決定哪種類型比較能挑動你的想像？」

「我要一個名叫菲德菈的女孩。」

「名字？」他大表不解。「名字有什麼重要？老實說，我從來沒花時間去理睬手邊女孩的名字。但是你想要一個叫這個名字的女孩——怎麼稱呼？」

「菲德菈。」

「在世界的這一頭來說，可眞是個奇怪的名字。是印度人名嗎？」

「希臘的。」

「多麼不同凡響！但是，這個名字又如何？你挑個女孩，付了錢，她就讓你予取予求。如果你想叫她菲德菈，那這就成了她的名字。如果你想叫她丹葛西，喊丹葛西時她就得回應。不是這樣嗎，kâzzih？」

我嘆口氣。我沒能完整表達，對方抓不到重點。我再次從源頭開始，解釋自己想找一名他經手過的女孩，他之前買了她來當奴隸。

「帶來這裡交給我的女孩？」

「對。」

「啊，那麼這完全是另一碼戲。是什麼時候的事情？」

我告訴他。

「這麼多個月以後？好問題。」他先拿麵包吸飽沙拉醬汁的油，然後吞下肚。「那個月裡我買賣了很多女孩，kâzzih。我怎麼能分辨出哪個是哪個？」

我告訴他賣家是個英國人，她屬於一批六個人左右的英國女孩群。我掏出菲德菈的照片讓他看，他研究了很長的時間。

「我記得這個女孩。」他說。

「感謝老天爺。」

「她是希臘人嗎？我不認為——」

「她是美國人。」

「美國人，但是有希臘名字。世界上的問題比答案來得多，不是嗎？我記得這個，還有和她一起來的那些女孩。當時市場需求量很大，其他的女孩們幾乎立刻就被訂走了。要忘了她可不簡單，kâzzih。」

我瞪大眼睛。「爲什麼？」

「眞悲哀。」湛藍巨眼滴溜溜地轉。「kâzzih，如果你愛她，就該在她來到阿富汗之前買下她的自由身。一個男人愛上了個奴隸女孩，卻沒料想到她會從自己身邊被帶開。接著，她被賣掉，接著又被轉賣，只有到了這個時候，他才後悔自己等了這麼久。這時候就太遲了。」

「爲什麼太遲？」

「她還活著嗎？」

「啊，kâzzih，喝啤酒吧，這是難過的時刻。」

「我怎麼知道？當我賣掉一個女人，和她的關係就終止了，她不再是我的財產。如果我還關心她，是不道德的，我不會知道她的生死，因此她是生是死也就沒關係了。」

「但是如果她還活著，我會爲她贖身——」

「我就知道你會這麼講，kâzzih。你還年輕，嗯？年歲不大沒有白髮。年輕人講話不經過考慮。我的國家有句俗話，自古以來的警句，說道，老蜥蜴曬太陽睡懶覺，小蜥蜴追著尾巴繞。你懂嗎？」

「不太懂。」

「啊，這就是悲哀的地方！但是這個奴隸女孩，這個菲德菈，她在慰安女奴院待了兩個月，當了兩個月的玩物。你知道這女孩會有什麼下場嗎？你沒辦法再用她了，我年輕的朋友。讓她和其他的慰安女奴在一起吧。不管你付多少錢，都不值得的。」

「但是這樣太可怕了！」

「奴隸的生活是很可怕的，沒錯。在這個制度下，人可以擁有另一個人，儘管說我挑釁好了，kâzzih，但是整個奴隸制度應該要做個結束。」

「但是你買賣奴隸。」

「是人就得吃。」他說，一口消滅了起士。「人總得要吃東西。如果一定要有奴隸的買賣，那我爲何不能從買進賣出當中來獲利呢？」

「但是，」我說，然後停下來。美國有太多的社會主義者在華爾街工作，人道主義者在賣槍；我見過阿曼努拉的另一面，足以讓我了解與他爭論這一點是愚蠢之舉。

「但是，」我重新開始，「你說，我在可以買下菲德菈的時候沒這麼做。」

「對。」

「她來這裡之前不是奴隸。」

「不可能，她是帶她來的男人的奴隸。」

「不是。」

「她當然是！」他拿起大杯子，不高興地發現杯子是空的。他吼著要啤酒，醜姊妹跑著爲我們兩人端來滿滿的啤酒杯。

「她當然是奴隸。如果她們不是奴隸，怎麼可以販賣？」

「你不知道？」

「Kâzzih，你在說什麼？」

「噢，」我說，「噢，我懂了。該死，原來你不知道。」

「Kâzzih！」

於是我把整個故事從頭說了一遍。我告訴他亞瑟．胡克在倫敦如何設下騙局，詐騙小姑娘，讓她們以爲自己是要去旅行，然後在她們發現之前，就把她們給賣了。

阿曼努拉震驚至極。

「經由這種方式變成女奴，」他說，「絕對不可能。」

「這些女孩就是這樣。」

「一個人會被賣到奴隸市場一定有好理由。即使是在我祖父的時代，也不可能有這種野蠻的行為，實在太難以相信了。有句阿富汗諺語你也許聽過，『小羊在高高的草叢裡找到母親』。難道不是這樣嗎？」

「毋庸置疑。」

「不可思議。在中國和日本是父母把女兒賣出來做奴才；如果不是戰利品，就是出生註定世代為奴，或者是選擇做為奴隸來取代因罪入獄。當然也有些女人在證明無法受孕之後，就被丈夫賣出來，我得說，這種野蠻行為在我們西方的一些族群中也會發生，我已經不太去譴責。但是我所提到的這些方式，都是奴隸被帶到我手上的方式，也是她們的基本背景。『秋天不播種，春天不收穫』，這是我們的諺語，很古老的說法。有人把原來不是慰安女奴的女孩賣給我──而且，你說他以前也這麼做過？那個英國人？」

「沒錯。」

「他不但冒犯了我，也欺騙了我，讓我成為他邪惡思想的共犯。你一定要把他的長相畫給我，他一回到喀布爾，我就要他死。」

「這不可能。」

「我在高層不是沒有影響力的。」

「你會需要的，」我說，「因為他已經死了。」

「他被他的政府給處死了？」

「我處死他的。」

雙眼圓睜，下巴往下落。阿曼努拉橫肉晃動的臉上寫滿驚訝。慢慢地，欣喜的臉色取代了訝異，這個肥胖的阿富汗奴隸販子對我展開笑靨。

「你幫了我一個大忙，」他說，「那個男人大大地欺騙了我。噢，但你可以說，他也沒有占到便宜，這是事實。從他手上買來的女孩，個個都讓我賺了一大筆，但是他使我成爲他罪惡的共犯，讓我變成罪犯，墮落腐敗的罪人。希望他永遠被火焰折磨，希望噬食他骨肉的蠕蟲因他的氣味而病，希望他的影像從人類記憶裡消逝，如同他從來沒有存在過一般。」

「阿門。」

「再來一些啤酒！」

再一些啤酒之後，接著是無限量的啤酒，在數波更多的啤酒之後，阿曼努拉帶我去到他位於城市東北方郊區的家中，一棟磚石砌成的華屋。他爲我準備了一小壺咖啡，然後，各位猜猜怎麼著？他又替自己倒了另一杯啤酒。

「咖啡是給你的，kâzzih。你已經暈頭轉向不能喝啤酒了，嗯？會讓你又笨又想睡覺。」

睡覺，一點也不。笨？也許沒錯。

「你喜歡我的城市嗎，kâzzih？在喀布爾還快樂嗎？」

「這是個令人愉快的地方。」

「寧靜和平的城市。雖然還有些窮困的居民，但喀布爾富饒美麗、景色極致，有山巒替喀布爾遮蔽了風雨；這裡空氣清新，水質清純。」

我心裡想著，唯一的問題，是人在這裡有被殺的可能。

「況且，近幾年來有許多開發，數量衆多的道路帶來更多建設，進步長足。這麼久以來，我們阿富汗人只求不被打擾，別無所求。只希望英國人讓我們清靜，雖然有其他人統治過我們，但大多數時間是英國人。所以在英國人終於離開後，我們開始自治，感覺眞好。

「現在俄國人提供金錢給我們修路，我們收下錢，挖掉原來好好的道路，再用俄國人的錢重修。接著美國人過來，說，『你們接受了俄國人的協助，現在你們必須接受我們的幫忙，否則就是侮辱冒犯我們。』誰敢得罪這麼一個強權國家？於是我們同意美國人進入國內來興建水力發電廠。俄國人看到水力發電廠後，硬是要我們蓋罐頭工廠。美國的報復行動，就是運來一堆臭氣沖天的化學物質，埋在我們的農地裡。這種事一再發生。」

他舉起啤酒，喝了一大口。「太多話了，我是個過量的人。我覺得任何值得做的事情，都應該做到過量。你要來一些起士嗎？冷肉呢？啊，任何值得做的事情都應該做到過量。有句話說——」

「一手在林勝於兩手抓鳥（譯註：原諺語應為『一鳥在手勝於兩鳥在林』。）。」我提出建議。

「從來沒聽過這句話。我不太確定自己了解它的含意，但聽得出一定有其智慧。」

「謝謝。」

「我自己倒是想到另一句箴言，但現在不重要了。我虧欠你，kázzih。你讓世界少了這個讓我受辱的男人，因而潔淨許多。告訴我，我怎麼做才能還清欠你的人情債？」

「菲德菈。」

「你的女人。」

「是的。」

「但這算不上什麼恩惠，」他說，「這只是我欠你的另一個情。如果這個女孩不是奴隸，那個男人就不能賣掉她。所以，也許我買下了她，但是將她賣出去的時候也不是我的所有物，我沒有正當權利這麼做。你聽懂了嗎？」

「我想是的。」

「所以囉，雖然她可能被賣到慰安女奴院去，他們也不能擁有她。因爲我得和這些人做生意，因爲他們應該要相信我，而我笨到去相信那個英國佬。這個責任要落到我身上。你懂嗎？」

「不太確定。」

他嘆氣。「這是最基本的，kâzzih。我要替這個女孩贖身。如果可以的話。」

「我沒聽懂。」

他的臉色陰鬱下來。「如果她還活著的話。如果你認爲她……還值得你這麼做。在礦坑工作的那些男人所居住的村落環境惡劣。出了女奴院，幾乎沒有女人。礦工們領到薪水後，就會一舉湧向女奴院，排隊等著上這些奴隸女孩。這些礦工都是沒教養的男人，在喀布爾有個笑話，稱他們做Ya'ahâddashiin。你是外國人，不會懂的。你會說我們的語言，還說得這麼好，已經很難得了。」

「謝謝。」

「我通常可以聽懂你所說的每一個字。」

「噢。」

「但是這些個礦工，他們是很殘忍的粗人，對女人非常粗暴。」他低下頭，一隻大大藍眸的眼角流下一滴淚水。「我沒辦法確定你的女人，你的女孩至今是否還活著。」

「我得找到她。」

「我也不確定你是否還要她。這樣子的經驗毀了很多女人，其中有些女孩一輩子沒認識超過五個男人，結果一天要被三十，或四、五十個男人——」

「三十，或四、五十！」

「慰安女奴的生活很艱苦，」阿曼努拉說，「勞工數量短缺。」

「怪不得。」

「啊，如果你允許我問一個敏感的問題，這個菲德菈被帶到這裡來之前，有沒有足夠的經驗？」

咖啡燙到嘴巴，我卻幾乎感覺不到疼痛。我記得一輛計程車快速穿越滿是垃圾的街道，菲德菈依在我的肩膀上，靠著我的耳邊細語。我有事要告訴你，我叫做菲德菈·哈洛，十八歲，是個處女。我不是反對性行爲的冷感女人，也不是女同性戀或什麼的。我並不希望自己做這檔事，是出於他人的誘惑或是說詞。一直都有人試，但這不是我想要的，現在不是時候。我想要看遍世界，去發掘事物，自我成長。我是處女。我叫做菲德菈·哈洛，十八歲。我是處女，我是處女，我是──

「處女。」我說。

「啊？」

「她十八歲，」我說，「這輩子還沒有過男人。」

「太不尋常了！」

「處女。」

「十八歲還不懂得男人！」

「對。」

「而你給我看的照片──她很漂亮，不是嗎？」

「現在可能不是了。」我說。「當時是很漂亮，美人胚子。」我想了一會兒。「出色的臉孔和身軀，美麗的心靈。阿曼努拉，朋友。」

「心靈上的美麗很是難得。」

「沒錯。」

「美麗又純潔。」

「是的。」

「你去找她，」他低泣，「搭我的車子去。我的司機再一個星期就會回來，他會帶你去找她，去搜尋她。」

「搜尋？」

「啊，她有可能在四個不同的慰安女奴院裡，kâzzih，四散在廣大的阿富汗境內。我不知道自己把哪些女孩賣到哪家慰安女奴院去了。」

「噢。」

「但是我的司機一個星期後就回來了，我的車也隨便你用。」

「一個星期。」我說。

「在那之前，我的家就是你的家，我的冰箱就是你的冰箱。」

「一星期是個很長的時間。」我說，心裡想，在喀布爾一個星期，會是太長的時間了。這表示我在本月二十一日之前不能離開城裡，而政變預計會在這個月的二十五日發生，也就是說，在我回來之前，喀布爾就會落到俄國人手上。如果我一路用阿曼努拉的車子和司機，就得回到這裡來。而且——

「——很棒的司機，」他正在說，「一個巴基斯坦人，他母親臨終，當然我就叫他去看她。一個星期後，他會從喀拉蚩搭飛機回來。」

「他搭飛機？」

「喀布爾有個很現代化的機場。」

「那麼車子在這裡。」

「當然了。」

「我可以自己開。」

他瞪著我看。「你該不會說，你懂汽車？」

「是啊，我懂。」

「你會開車？」

「當然。」

「好極了，想到你會開車就覺得令人驚異。」

「呃。」我說。

「那就沒問題了，」阿曼努拉說，「你明天早上走。現在，我們來喝啤酒。」

10

當阿曼努拉投入黑夜之後，我坐了幾個小時，喝著現煮咖啡，試著閱讀當地的報紙。這件事我並不很在行。大約在日出之前的一個小時左右，我走到他的花園遊蕩，四處瀏覽。我以爲像阿曼努拉這樣的人，一定不會栽種不能吃的東西，但是我大錯特錯。月色明亮，我參觀了好幾個壯觀的花圃。即使對紐約客來說，有些品種還是很容易辨認，其他的則不像是我在美國看過的任何植物。

我思忖，他顯然過得不錯。他的房舍現代化，裝潢精美，顯然至少有一名專人在全職照顧花園。在四姊妹咖啡館裡，我不覺得他是個特別有錢的人，看來他會去那裡顯然是因爲喜歡那裡的食物。買賣奴隸似乎獲利豐厚。亞瑟·胡克說過，一個女孩可以賣到上千鎊，對這個數字毋須存疑。如果阿曼努拉付了這個金額，他很可能至少會向慰安女奴院要兩倍的價錢。

（我賣弄阿富汗字眼，不是要炫耀我的博學（譯註：每當作者提到慰安女奴院或慰安女奴時，皆以帕斯圖語表達。）。如果我真打算這麼做，也會找一個我在行的語言。但是「慰安女奴」（maradoon）很難翻成英文，這個字不完全是妓女，也不完全指奴隸，有點像兩者合一，還有著縱慾的言外之意。同樣的，「kâzzih」這字我也用阿富汗語來表達，因爲我完全不知道它在英文裡是什麼意思。每個人都會用這個字，但是在任何字典裡都找不到解釋，再說，英帕辭典根本就沒有多少本。kâzzih好像是一個人對有些基本好感的人們會使用的字眼，可以隨意對男性或女性來使用，在發音上也沒有不同。我不知道是否可以稱呼年長者爲kâzzih，我認爲應該不可，但不論可否，我都不會願意押下金錢來做爲賭注。kâzzih有可能是指「親愛的小朋友」、「傢伙」，或可能是「我信任的同志」。但再次一提，這個字也很可能就是指「直娘賊」。自己去找答案吧，kâzzih。」

好。我在他的花園遊蕩，沉思著人對人的殘忍無情，冥想白奴隸可能帶來的利潤，探究「慰安女奴」和kâzzih的韻腳，總之，試著做所有能讓自己不去想菲德菈的事。沒一項能做得順利。除了米娜因爲年紀太小不能算在內之外，菲德菈·哈洛是我唯一認識的處女。純真稚子一天被三十或四、五十個男人享用糟蹋，這個想法——

我想，毫無疑問，她一定是在遭辱之前就死了。這是她的信條，想到她英勇捍衛自己的貞節，直到生命被抽離爲止，我的心碎了。

可怖的畫面。

我又想著，然而，這並不比她活著所受到攻擊來得糟糕。因爲，如果她一天得接三十或四、五十個男人，結果也是一樣。不管如何，她都註定要死，只是時間問題，有可能是一晚，也可能是一年，但是，老天爺幫幫她，結果似乎無法改變。

露水濡溼，我在草地上伸展筋骨。我好像已經站立了一輩子，該是運動肌肉、放空思緒的時間了。肌肉沒什麼問題，通常都是這樣。把身上的某一部分盡全力緊繃，再整個放鬆。大約就是如此這般輪流運動全身肌肉，直到上上下下都鬆弛下來爲止。等身體再度運作調整妥當時，會覺得肌肉好像在沉著地律動。對某些人士而言，較不自主的肌肉群是常見的問題點所在，但只要技巧熟練，就可以對這些部位展現出高超的控制技巧。在派對裡無法炫耀這一點，因爲整個過程都不會呈現於外，但是用這種方式重整腦袋，的確可以消除大部分的頭痛問題，比吞阿斯匹林還要簡單。

放空思緒又是另外一回事了。我的心思全糾結在一起，沒辦法捨去、鬆弛。也許哪天我應該要再進修整套程序。找個印度教聚會所，請導師來教誨眞理和宇宙冥想的更高境界，我甚至可以帶原名爲黛博拉．霍洛維茲的菲德菈一起去。

但是，她看來不像有導師的樣子。（譯註：黛博拉一名源自希伯來文，為女先知，呼籲眾人抵禦外來侵略者。）

我思考這個雙關語，轉換另一個語言來詮釋雙關語中令人困惑之處。同時我還一邊想著，如果我實在找不出什麼念頭來活動腦筋，也許眞的該放空思緒，對任何腦袋來說，這種垃圾思緒都是多餘的負擔。我東想西想，左想右想，然後在東西左右之外，繼續想其他事。

然後那個丑角踩在我的手上。

容我告訴大家，這眞是一種奇怪的感覺。我承認，自己也許沒辦法完全放空思緒，但是畢竟也已經放鬆到某種不爲外在環境影響的程度了。我可能以爲他躡手躡腳、無聲無息，其實不管再怎麼小聲，這傢伙還是發出了聲音。然而此時我已進入了一個不睬人間世事的境界，所以沒有注意，沒想到他對此的回報，卻是無視於我的存在。他應該也沒想到，會有人在早晨四點半時躺在外面的草地上。扯平了，因爲我同樣也沒想到某個小丑會在這個時間踩到我的手。

接下來一切發展非常迅速。我大喊一聲後用力拉扯他，他則大喊一聲後踉蹌絆倒，這時我正好起身。我們花了一些時間互相毆打，他比我會打架些，隨後我想起袍子裡有把槍。我到處摸索後找到槍，掏出來然後開始連發亂打。一開始，我大概是打中他一些不至致死的部位，比方說手腳之類的，因爲他發出了許多不快的聲響，提到我的母親是某種四隻腳走路、還會發出吠聲的動物。然後我打中他的頭，其實我早就這麼打算，接著是槍托發出令人滿意的聲響，敲開他的腦袋瓜，隨後他也發出令人滿意的聲響，咕噥著倒地不起，我滿意地嘆息，從他身下爬起來，用手上下檢查自己，看看是否斷了哪根骨頭。發現自己毫髮無傷，令我十分高興，値得滿意地再嘆口氣，於是我再次嘆氣。

小偷、強盜、狡猾的盜賊。即使在一個被阿曼努拉形容爲和平寧靜的城市裡，像他這般富有的人，應該常常會碰到這種麻煩。顯然這個狡猾的賊子，因爲踩到我的手而嚇到失神，因爲他沒像兔子一樣脫逃，而是像——呃，像被逼進絕路的兔子一樣坐在地上。而且他的攻擊方法很是骯髒，這個狗娘養的東西竟然還有膽罵我是狗娘養的東西，他這個狗娘養的東西，因爲他才是——

等一下。

不是「帕斯圖狗娘養的東西」，而是「英國狗娘養的東西」。

我把這個英國狗娘養的東西翻過身去，看著他的臉。但是我錯了；他是個愛爾蘭狗娘養的東西，是那個船上不知叫什麼名字的老好人，那個和該死的俄國人簽約的傢伙，從梅佑郡來的孩子，想到這裡，倒忘了他究竟叫什麼名字？

他張開一隻眼。

「想到這裡，」我說，「你究竟叫什麼名字？」

「我知道你不是愛爾蘭人，」他說，「一直都知道。你現在用你的母語腔調說話。我眞是有病才會相信你。」他張開另一隻眼。「你騙了我。」他指責我。「偷溜過來抓我的腳踝，技巧欠佳但竟然還能把我給拉倒。要是你問我，我會說這眞該死。」

「我沒有。」

「沒有什麼？」

「沒有問你，」我認爲自己很合理，「也沒有溜過來你旁邊。你踩在我的手上。」

「希望我該死地踩斷它。」

夠了。「你會比我痛。」我說，接著再次用槍敲打他的腦袋，他沉沉昏去。下手之後我覺得這個舉動頗爲愚蠢。當然，這麼做可是大快我心，但並沒有達成任何目標。他現在屈居下風，我應該要讓他帶個口信給他的雇主，要不就是從他身上打探一些消息。相反的，我把他給敲昏了。

我進入阿曼努拉的屋子裡，狂亂地找東西來綑綁這個渾小子。我不想剪斷電線來濫用主人的熱情招待，但是我既找不到繩也找不到線，繩繩線線都繫在某種重要的物件上頭了。我放棄，再次走到外面。戴立仍然不省人事。我搜了他的身，找到一本布萊恩·麥卡席的愛爾蘭護照、一把彈匣滿滿的點二二口徑自動手槍、裝有阿富汗錢幣和一疊英鎊和愛爾蘭鎊的皮夾、一包五葉地錦，以及一枚紐澤西製的保險套。後兩項物品似乎對我不可能有用，於是我將它們放回他的口袋。

他仍然沒有醒來。

我彈開點二二手槍彈匣，扔到萱草花床裡去。我決定要等他醒來，再用誠懇來打動他。這似乎比以往更爲重要，因爲那些渾蛋似乎不肯放棄，顯然那個下流的鏟型鬍土匪並不相信我對他們的政變不會造成威脅。或者是，我成功地說服他，但是其他人並不買帳。

因爲很顯然戴立（或麥卡錫，或是不管他究竟是什麼人來著）並不是來阿曼努拉的屋裡，爲自己的愛爾蘭茶借點糖。他是來殺我的，也許還要殺阿曼努拉。

這表示他們還沒有放棄。也就是說，他們手下有一個該死的完整組織，因爲他們有辦法跟蹤我們到阿曼努拉的家裡，或是知道了我與什麼人見過面。不管如何，他們的確成功了。

他仍處於昏迷當中。我看著他，確定自己從來沒看過如此沒有意識的人。

「醒醒，你這個笨蛋，」我告訴他，「我得要去找妓院，找完一個還得找下一個，你們這些白癡如果要繼續殺我，就一點也不好玩了。醒來，好讓我從頭到尾再解釋一次。」

我等待著，天空明亮了些，太陽突如其來現身於地平線之上。我在戴立身上潑了把冷水，什麼動靜也沒有。我可以瞧見喀布爾的人們漸漸醒來，閒逛過來看我在阿曼努拉的後院草坪上，和一個昏迷的愛爾蘭人進行討論。

我把他的臉轉過來，讓陽光照進他的眼裡，又潑了更多冷水在他身上。

這雙眼睛睜了開來。

「老天爺，」他說，「你敲破了我的腦袋。」

「你自找的。」

「我要死了，聖母啊，我要死了。」

「不見得。」

「我可以看到眼前的地獄之火。」

「糊塗蛋，」我說，「你是瞪著太陽看。」我把他的臉孔轉開。「好了，」我說，

「地獄走了。」

「譚納。」

「說得好。」

「你會殺了我。」

「這個想法很誘人，」我承認，「但是我要向你證明我的眞心誠意。來。」

我拿著點二二的槍管，把槍遞給了他。他懷疑地看著槍，然後看向我，接著再次看著槍。

「是你的，」我說，「我不需要。我還有昨天從你朋友身上拿到的一把槍。來，拿著，是你的。」

他伸出手，拿起槍，指向我，扣下扳機。

我做出槍枝空膛的喀喀聲響。他哀傷地看著槍。

「你們眞是執迷不悟。」我告訴他，拿起另一把槍，朝他腦袋發射。

11

這四個阿富汗妓院四散各處，以阿富汗的面積來看，的確是夠遠的。一個位於北方邊境，崎嶇的興都庫什山中的城市——厄斯塔克，就坐落在距離厄斯塔克金礦礦工小屋一哩處。另一個離巴基斯坦國境不遠，大約離坎大哈南方六十哩，附近沒有城市，地底有褐煤以及鉻礦。第三個妓院爲辛巴汗和巴卡的鐵砂礦工提供服務，位在國家的中北部地區。最後一家位於阿富汗西邊，專爲鐵砂礦工以及想要逃離壞脾氣駱駝，好躲入愛情氛圍中的駱駝伕提供服務，位置在阿納達拉。

阿富汗只比德州小一點。但是如果把國土攤平，就會變成德州的三、四倍大。如果當眞攤平阿富汗，從喀布爾開車到厄斯塔克、坎大哈、阿納達拉，再到辛巴汗，也會容易個好幾千倍。

這趟行程的第一段最是輕鬆。當俄國人決定在阿富汗興建道路的時候，他們認爲沒理由要笨，於是直接從喀布爾修路到俄國，這麼一來，這條路對俄國人自己和對阿富汗人一樣有效益。事實上，我有種感覺，在十一月二十五日這一天，許多阿富汗人會爲稍早接受這項特殊禮物而感到十二萬分遺憾。兩相比較，特洛伊人接受木馬時，條件還好一些。

儘管如此，這條路依然讓我十分快活。道路直接穿越群山，沒有繞路，筆直朝前，毫無蜿蜒，這條路和新澤西高速公路一樣寬，不若喀布爾老城區的小路般狹窄，只差沒有高速公路上的驚人車陣。相反的，據我看來，我走的這條路，似乎根本沒打算讓任何車子通過。

我像無止境般地開著這輛一九五五年的雪佛蘭汽車。

那天早晨，在我終於將戴立（或麥卡錫）送上黃泉之後，阿曼努拉給我看他的車。剛開始他大肆吹捧，說自己非常確定我一定沒有看過這樣快速且豪華不已的車，於是我期待見到一輛絕對會讓我心生敬畏的車，猜想這車可能要接近勞斯萊斯或法拉利的等級。待我們走向他放這東西的車庫，卻只看到這輛一九五五年的雪佛蘭。

「噢，好，」我說，「不會有問題的，看來是十年前的車款了。但是你這輛的車況眞好。當然，我覺得你應該不至於過度使用這車，冬天鋪在車道上的鹽巴也不至於腐蝕車身。不，我猜應該不會。最近你幫車上過漆嗎？我敢說是不久之前。狀況好極了，連內裝——」

「Kâzzih，你講歸講，可是我聽不懂。」

「好車一輛。」我說。

「你懂得如何操作？」

「是的。十年前，我開過一輛像這樣的車，阿曼努拉。」

「但那是不可能的，這輛車不到四個月前才出廠的。」

我看著他。「這車叫做一九五五雪佛蘭是有道理的，」我說，「因爲他們是雪佛蘭公司在一九五五年生產的。這就是車型的由來。」

「這輛車今年才生產的。」

「啊？」

「而且也不是雪佛蘭公司什麼有的沒有的人生產的，這是輛巴拉萊卡。」

「別荒謬了。巴拉萊卡是俄羅斯三弦琴，有個三角形盒身和三條絃，而且……噢，俄國車。」

「俄國科技的大勝利，人家這麼說的。」

「俄國製的雪佛蘭，他們生產了一九五五雪佛蘭。」

「我不懂。」

他沒聽懂，嗯？我不懂的是自己爲什麼用超過九十公里的時速（雖然速度相同，但這數字聽起來比時速五十七哩要令人印象深刻）在興都庫什山裡繞來繞去。穿過興都庫什山的，沒錯，是一輛一九五五年的雪佛蘭。十三個幸運年頭之後車子仍然健在，而且俄國瘋子還發明了五五年的雪佛蘭。

這當然値得讓人深思。我悲傷地搖搖頭，想到幾年前美國總統尼克森還對蘇聯總書記赫魯雪夫搖指頭，告訴他，我們在彩色電視機的科技上比他們更勝一籌，但這也躲不掉俄國人拿魚子醬來面對消費用品的這項事實。

儘管如此，五五年的雪佛蘭應該不會有什麼特殊問題。在街坊青少年罪犯把車子偷到無法繼續駕駛的程度之前，我一向很喜歡自己那輛車。事實上，我應該心存感激，畢竟，這總比俄國人學如何生產塔克（譯註：二戰後美國車，以塔克魚雷為名，車款獨特，擁有三盞頭燈，中間一盞還會轉向，車體龐大，引擎後置，僅生產五十一輛。）來得好。

第一個妓院靠近厄斯塔克的山邊，是幾間湊在一起的泥屋。我辛苦開了一整天才到達此地，當然囉，這裡不可能是我要找的地方。如果我還眞的期待能一舉中的，那就實在是想太多了。

鴇母是個乾扁枯瘦、眼窩凹陷的老太婆，歷史久遠的頭頂禿了一塊。我給她看了阿曼努拉寫給她本人的一封信，請她幫助我尋找一位特定的女孩。這個女孩得立刻交給我，而他會在之後償還這個女孩的費用。阿曼努拉交給我四封信，每個妓院老鴇一封。這個鴇母把信從頭到尾讀了好幾次，然後對我皺起眉頭。

「上面沒說他要花多少錢贖回這個女孩。」她指出這點。

「他會付你所要求的價碼。」

這讓她心情愉快起來，不但拿食物和飲料給我，還讓旗下的妓女在我面前列隊。這些約莫十四、五名妓女中有東方女孩、阿拉伯女孩、黑人女孩和歐洲女孩，儘管種族不同，看來卻很相似。

「她們看起來全都一個樣。」我說。

「只有在背過身子的時候才會一樣。」鴇母猥褻地咯咯笑道。

我不想背過她們的身子，也不想裡裡外外、或用其他方式將她們轉過來看，我只想拒絕她們，自己轉身離開。我這輩子從來沒看過一群如此哀傷的女人。她們走路時拖著腳板，空洞的雙眼直視前方，臉上毫無表情，看起來像殭屍，像活死人。不，甚至更糟，她們看來像是在紐約的馬薩波夸公園，星期二下午的麻將聚賭客。

「沒有她嗎？」醜老太婆的一隻手緊抓著我的胳膊。「照片再給我看一眼，kâzzih。」我再把照片拿給她看。「她很漂亮，但是其他的女孩也很漂亮。你挑一個買下來。」

我正準備開口告訴她不用了，然後停下來，思考了一下。阿曼努拉給我四封不同的信給四個鴇母，她們並不會知道我只能釋放一個女孩，就是菲德菈·哈洛。如果我願意，甚至可以在每個妓院都救出一個女孩。拯救四名妓女顯然與廢除奴隸制度相差甚遠，但即使是千里路，也要踏出第一步，或是套句阿曼努拉會引用的阿富汗諺語：「剃駱駝毛沒比騎羊走路來得快。」

於是我再次看著那些女孩，心裡想著，憑我的運氣，很可能會選到一個享受妓女生涯的女孩，而且我要拿三個自由之身的妓女怎麼辦呢？我對老套和明顯的回答毫不動心，也不能完全回答這個問題。如果我就在喀布爾放她們自由，她們不是會餓死，就是會被運回妓院，重新被賣掉。如果我送她們回原來的家——呃，也許我可以，只是似乎很麻煩，而且也無法確定她們想要回到老家。如果，如同阿曼努拉所說，她們是奴隸的女兒，就可能也沒有眞正的家。如果她們是被雙親賣爲女奴，那麼，回家可能也不是世上最好的選擇。

我不想讓阿曼努拉償還沒欠的債務，因此下定決心。沒錯，他是個富有的人，有能力這麼做；也的確，就爲了他在這個蓬勃的白奴隸市場所賺到的銀兩，遭到這種陰謀的合理苛待並無不妥。但是，阿曼努拉仍然是一個有高道德標準的人，熱忱又好客。要我在腐敗墮落、聲名狼藉的朋友和純潔無辜的陌生人之間選擇時，我還是會選邊站。

離前一個妓院最近的是位於辛巴汗的妓院，但是從這裡到不了那裡。路途中有山巒阻隔，甚至連抱持務實主義的慷慨俄國人，也沒打算在厄斯塔克和辛巴汗之間修建道路。在俄國人占領這個國家之後，事情也許會有改變。或許他們會乾脆關掉妓院，讓礦工們自尋解決之道。在自由經濟結構下，只要有單身男子集中的地方，幾乎就一定有妓院存在，除了火島（譯註：位於紐約長島南岸的外島，島上沒有路，開車只能到最西和最東兩端。）。但仔細想想我駕駛的車子，在計畫經濟架構之下，一切就得以盡情發揮了。對於消費用品的議題，蘇維埃一直沒有展現正確的態度。就算是部分妓女屬於原物料，仍應歸屬於消費用品。

開著車回喀布爾的路上，我就是以這種優秀的見解來轉移注意力。

我在喀布爾停留了足夠的時間加油。不但為這輛巴拉萊卡加滿油，還加滿成打的五加侖桶子，塞滿後車箱和後座。當你在阿富汗旅行時，得確定加滿足夠支撐啓程地與目的地來回所需要的油量。鄉下地區沒有路邊加油站、沒有乾淨的洗手間、沒有免費的旅客服務站，也沒有身穿制服的服務員刷洗你的擋風玻璃或檢查油表，更沒有綠色印花、小虎牌、飛翔老Ａ、迪諾金錢或桑尼莊家等任何偉大的美國加油站遊戲。就這方面來說，阿富汗也不太有肺癌、肺氣腫、心血管疾病，或是空氣汙染。

即使如此，我認為他們仍然有能力迎頭趕上。喀布爾三面環山，一旦達到足夠的工業化程度後，就會成為一個天然的煙霧窟。就像洛杉磯，群山終究會吸滿廢氣。

我走南線，從喀布爾前往坎大哈。俄國人與這段路一點也沒有關係，我覺得他們很是明智，也希望自己可以不要與這條路發生關係。道路中央鋪著模糊不清的碎石，看來就像某政府單位人員不慎遺落在此。雨水沖刷掉大部分的碎石，剩下來的其他部分沒啥實際作用，因為這些剩餘碎石的位置是在路中央，而巴拉萊卡的輪胎卻是從兩側經過。整條路彎來扭去，到處積水，狀況百出，我偶爾望著窗外，映入眼簾的盡是數十哩的荒蕪，這片無盡的荒蕪一直連接到遠不見底的下方山谷。道路沒有路肩，路旁直接往下降，我盡可能把車靠另一側的牆邊開，試圖假裝高度沒有對自己造成困擾，除非必要，我非常小心地不看向峭壁的另一側。

就在抵達坎大哈之前，我進入一片高原，道路不偏不倚地穿過這片海拔甚高的地形。我停下車，倒了一桶汽油到油箱裡，沒有多作停留，猛踩油門勇往直前。

坎大哈本身是個令人印象深刻的城市，人口大約十五萬。比起喀布爾，這個城市的現代化程度較爲平均，混凝土屋舍數量比泥屋多，車子多過驢子和駱駝，人口比較多，甚至還有些穿著西方服飾的女人。我停下來用餐，努力朝城市的南端前進，直驅妓院的所在位置。

這間妓院和厄斯塔克的那間很類似。一棟像穀倉一樣的屋舍取代泥屋，鴇母體型肥胖而非枯瘦，下巴正中央有一塊長著毛的胎記，額頭正中間有四道既深又直的疤痕。她很愛笑。當我告訴她我從阿曼努拉那裡來的時候，她大笑；當我解釋打算爲自己贖回一位特定的妓女時，她捧腹；當我將阿曼努拉的保證信給她看時，她發出咯咯笑聲。

她看著菲德菈的照片，愚蠢地竊笑，額頭上的疤痕像蛇一樣扭擺。我想到在小說裡讀到的妓院，如果老鴇眞的喜歡你，她會強把你拉進自己的臥房，而不是轉交給手下的女孩。如果這個老鴇做出這樣的事，很明顯，一定會嚇跑許多恩客。

「我不認識她，」她說，「你要看看我的女孩嗎？」

「好的。」

「其中很多現在都在陪男客，我叫其他的幾個來。」

她先帶了一批進來，其他女孩和恩客辦完事後，也同樣被帶進來，這些女孩和上個妓院的女孩們所差無幾。我會這麼說，當然不是光靠身體的外在因素，更別提邪惡南北女巫各有特色，而是因爲這些可憐兮兮的女孩，黑的、白的、黃的、棕的，遲滯的眼神，弓著雙腿，不變的沉重腳步，以及被無情的操弄。

「不，」我說，「恐怕她不在這裡。」

「你走之前要喝杯飲料嗎？」

「咖啡，如果你有的話。」

她有，於是我喝了咖啡。這咖啡的滋味特別香醇濃郁，我喝了三杯。我起身要離去，老鴇問我要不要個女孩。

「不，」我說，「等到找到那個女孩再說。」

「現在就來一個吧，男人等太久不好。」

我搖搖頭，不是回答，而是清除蛛網。我以為她問的是我要不要買下她的一個女孩，而她則是對出租比出售有興趣。

我轉過身看看那些眼神馴服、形容哀傷的女孩們。大多數都離開了，回到排著長長隊伍等待服務的男人身邊，但是有幾個仍在附近遊蕩。

「我不這麼想。」我說。

「你上次有女人是什麼時候？從離開喀布爾之後就沒有了？」

「呃——」

「不是從喀布爾開始。」她重複著指責的字眼。「你知道男人等太久才有下一個女人會怎麼樣嗎？」

她開始告訴我答案，我試圖充耳不聞。比起以性病摧殘為主題的軍教片，她可是毫不遜色，雖然我知道她是個瘋子，但是這項事實毫無助益。聽一個老女人說故事是一回事；要我對自己那話兒會變綠、長疙瘩，然後越來越小到最後完全掉下來，這種催逼式警告充耳不聞，又是另一回事。我也許不相信，但這當然也不代表我想要聽。

不是從喀布爾開始？

我心想，該死，在紐約之後就沒有過機會了。各位記得，與茱莉亞．史多克斯曾經有個開端，但不過僅止於此；還沒達陣之前，我就被迫離開了。從那時開始，就算有機會，也不值得去自找麻煩。在法國、在台拉維夫、在伊拉克和伊朗——呃，那些地方當然有女孩，但除非其中一人特別有心情，否則這不是展開某段關係的充分理由。我心底有太多煩惱和焦慮，剛好沒辦法如此有心情。

現在仍然如此。

「我得走了。」我告訴這個胖鴇母。

「你不是男人。」她出言嘲笑。

「也許吧。」

「你根本是個假裝成女人的廢物。」

「你是個光憑張臉就能讓時鐘無法運轉的胖女人。」

「你敢我說我胖！」

我跑向車去。

我開車回坎大哈，設法找到了加油站，再度加滿油箱和幾個五加侖的桶子，接著在一間雜貨店停下來，採購了一車的食物。阿納達拉離坎大哈足足有三百哩，而且我完全不知道這一趟路會花多少時間，也不知道沿路找到食物及飲料的機率有多少。我買了許多麵餅和大塊圓形起士，至於飲料，我帶了兩打瓶裝可口可樂。

這麼說吧，他們也只有這些了。這世上到處都有可樂，有些角落裡，當地居民甚至從未聽說過什麼是美國，卻都在暢飲可口可樂。亞洲和非洲的小孩在還沒大到長出恆齒之前，就開始喝可樂了。還好，至少還有機會先長出乳牙。地球村的人們最先學會的英文單字，通常就是可口和可樂。

到目前爲止，俄國人還沒能發明可樂。他們的間諜至今還未能侵入亞特蘭大放置可口可樂配方的裝甲保全系統，這個配方比原子彈祕密還要珍貴，保全更是縝密。所有要用化學方程式來拆解配方的嘗試全數失敗，沒有人眞的知道裡面的確切成分。

我吃了一些麵包和起士，還喝了溫可樂。

繼續上路。

12

西方的邪惡女巫因為某種令人憎惡的疾病而失去了一隻眼睛。她從來沒花時間去裝一隻玻璃眼珠，也沒有佩戴眼罩，當然更沒穿著名牌海瑟威的襯衫，這倒還好，因為她會讓名牌形象沉淪至無底深淵。除了那隻裂開紅口的眼窩之外，她倒也不是特別醜陋，身材比例適當，臉龐一度美麗。

她散發出濃烈的氣味，以加強自身的殘缺。她是全世界最臭的女性，我不需要聞遍世上所有的女人，就足以做出這個聲明。她發散出的惡臭，足以凝結可口可樂，腸胃脹氣的味道透露出她這輩子唯一的飲食只有焗烤豆子。我不認為她洗過澡，如果有，那麼法魯河絕對有水汙染的問題。

「阿曼努拉讓你來的！」她啪一聲打在我的背上，嘴巴湊近我的耳朵來個祕密低語。我試著控制我的鼻孔。「他是我的好朋友。」她吐著氣說。（用英文講這句話不必邊吐氣邊說，但是阿富汗語有很多嘶嘶作響的發音，這點毋須爭論。）「我很好的友人。」她繼續說，繼續吐氣。「他總是帶最好的女孩給我。有很多慰安女奴非但不可愛，不能取悅男人，還會流血、生病、死掉。通常她們死了以後，男人們還在抱怨自己的器官灼熱，好像浸泡在酸液裡一樣。但是我從阿曼努拉那裡得到的總是最好的，牛奶中的蜜乳。這個妓院裡最好的女孩都是阿曼努拉賣給我的。」

「其中有一個，」我說，「是他不應該賣給你的。我必須要贖回她。」

「我的女孩不賣，kâzzih。」

「阿曼努拉希望能買下她，我是他的代理人。」

「喔？」

我把信給她看。「看到了嗎？他會付你開的任何價錢買下她。當然了，你知道阿曼努拉是個言而有信的人，字字句句得以信賴。」

「是這樣沒錯。」

「這個女孩名叫菲德菈・哈洛，」我說，「或者叫做黛博拉・霍洛維茲。」

「你不知道她的名字嗎？」

「是其中一個。」

「但是我兩個都不知道。」她說，漲著氣加重發音。我不由自主地退後一步。「當她們進我的妓院時，我會給她們新的名字，她們像認識新生活一樣認識自己的名字，原有的老名字對她們不具任何重要性了，被埋藏在新名字之下。」

「我懂了。」

「所以這些名字沒有意義。」

我拿出照片，展示給她看。她期待地傾過身子來，黑髮刷過我的鼻子。髮絲散發出來的氣味簡直不可思議。別說鼻孔，我連腦袋都嚇了一跳。我的嗅覺神經因爲臭味而瑟縮失常，老鴇倒是因爲照片而退縮。

「活跳跳女孩。」她說。

我們所聽到的不是一個個的字，而是字句裡的含意，否則沒有人可以如此快速地說話，並期望他人能夠了解。所以，我從她口中聽到的是「女孩死掉了」，因爲這對我較有意義。如果有人看到照片裡的人而恐怖退縮，絕不可能是因爲照片裡的人還活著。戀屍癖文化也許可以朝這個方向發展，但目前還沒有到達這個境界。

於是我以爲她說的是菲德菈死了。

人們會在某段時期化身爲自己意想中的形象，成爲生活中應當扮演的角色。衝擊過後，才明白自己應當如何看待許多不同的個體。我記得我母親曾經開玩笑地表示，只有在她死後，我才會眞正感念她。她並不是當眞這麼想，我當時以爲這個陳腔濫調之所以吸引她，是因爲其中充滿多愁善感的矯情。我當然感激她，我們很親近的。但是，某天我的姨媽打電話來，用破碎的語調通知我母親過世的消息，我才知道母親畢竟還是對的。到那一刻，我才打心底感念她。

我說，「這女孩死了？」

一時的猶疑。接著，髒空氣中出現一串字眼，「啊，是，是的，你說的對，kâzzih，這女孩死了。」

「她該死的才死了。」

「啊？」

「她還活著，」我說，「第一次我聽錯了，但是你看到照片的時候緊張得不得了，聽到我說她死了的時候卻鬆了一口氣。她在哪裡？」

「你得離開，kâzzih。」

我直起身子，由上往下地怒視她。「她在哪裡？你爲什麼不回答我？」

「Phuc mi！（譯註：發音同英文fuck me，意思是「上我吧」。）」

「除非你是世上最後一個女人——啊？」

「Phuc ́mi！」

「我不懂這是什麼意思。」我說。「在我的母語，在遙遠國家的語言裡，這個字眼是有意義的。但是我對帕斯圖語了解不深，你說的這個字我沒聽過。」

「我也沒聽過，kâzzih。這是你要找的人的名字，那個活跳跳女孩的名字。」

「她的名字是菲德菈。」

「她新的名字。我們給她起了這個新名字，因爲她只會說『Phuc ́mi、Phuc ́mi』，日日夜夜都這麼說。我們試圖教她這裡的語言，但是不願意學，沒有人有辦法讓她學任何東西。但是，kâzzih，我要告訴你，她是這個妓院裡最好的慰安女奴，是我有史以來最好的工作人員。」

「不可能。」我說。

「我多年生涯裡碰到最好的。她比其他人都要來得漂亮，她一來我這裡，我就發現了，但這有什麼用呢？過了幾個星期，所有的女孩都會失去美貌。這些礦工和駱駝伕哪懂得什麼是美貌？當他們沒錢找慰安女奴的時候，駱駝的屁眼就足以取悅他們了。」

「我想這比騎駱駝要好一些。」我說。

「但是這個Phuc ́mi，」她說，「讓其他女孩蒼白枯萎的原因，卻使她越來越美；

造成其他女孩眼神凋謝的原因，卻讓她雙眼閃耀出生命的光輝，男人一來她就瘋，比其他我所認識的女孩都還能取悅男人。」

「不。」我說。

「就是這樣。」

我無言地搖頭，心想，這不會是菲德菈，不會是我的小處女，修道院裡的修女。這完全不可能。霍洛維茲媽媽的小女兒不是那種在阿富汗妓院裡贏得最佳演出獎的女人，她心愛的黛博拉不會是駱駝夫鍾愛的發洩管道。我就像是《愛麗絲夢遊仙境》裡的紅心皇后，早餐之前我相信六件不可能的事。但是對於這件事，我怎麼樣都無法置信。

「所以我們叫她做『活跳跳女孩』，」發臭的老母豬繼續說，「因爲讓其他女孩死去的原因，卻使她越來越有生氣，以此茁壯，越來越年輕貌美。她是我的珍寶，kâzzih，我的寶藏，我花園裡的名花。」任何散發出如此穢氣的東西敢提起花園及花朵，都極其可憎。也許她可以說，自己是我臭鼬身上的捲心菜，甚至是相連胳肢窩的手臂，超過這些就眞是太過分了。

「所以我不能讓她走。」她說。

「太荒唐了。」

「她比三個女孩加起來都還要值錢，一個晚上接的客人比其他人多太多，而且男人都喜歡她，寧願排隊等待。在我看來，如果他們比較想要她，就應該爲她花更多錢，所以我提高了她的價碼。其他女孩收三十，Phuc´mi收五十。大家都付這個錢，站著排隊等。她是這個慰安女奴院的女皇。」

「她不屬於這裡。」

「但她是屬於這裡的。」

「她屬於自己的國家，」我說，「和她的母親，以及愛她的人在一起。她——」

貪婪的母豬處於格鬥狀態。「你是說我們不愛她？我，這個愛她就像愛自己女兒的人？她讓我想起在那個年紀的自己。」這點我存疑。「還有其他的女孩，你覺得她們不關心Phuc´mi嗎？她們拿她當親姊妹。你以爲那些男人不關心她嗎？他們會願意付這麼多錢來找一個自己不在乎的人嗎？」

我轉過身，到外面去。我需要新鮮的空氣，不只是讓鼻子清醒，也是讓頭腦清醒一下。我往外看著荒蕪的景象。現在是下午時分，大部分的女孩都在睡覺，不久之後，男人就會離開駱駝和礦坑，來到這裡，然後Phuc´mi—菲德菈—黛博拉的工作會一直排到日出爲止。

我再次進入屋裡。我告訴那個臭氣沖天的老女人，該說該做的都完成了，她對這件事就沒有選擇權。不管價碼如何，阿曼努拉都會付。她的客人也許會不高興，但是掌控權在她，畢竟，她的妓院是城裡唯一的娛樂場所，如果只有她旗下的女孩和駱駝兩種選擇，儘管可能相差不遠，但是她的女孩必定會勝出。不論菲德菈在阿富汗妓院界的成就有多傑出，仍然屬於自己的家園。

然後，我亮出槍，做爲最後的結論。我告訴她，如果她不立刻交出菲德菈，我就射殺她，接著我會走遍妓院，殺光其他女孩，終究還是會把菲德菈給帶走。這純然是虛張聲勢，因爲槍膛裡沒有那麼多發子彈，再說我也不會到處槍殺無辜的慰安女奴，但只要讓她相信，願意把菲德菈找過來就夠了。她強忍嗚咽，說了句絕對猥褻至極的字眼，內容相當於要理想地處置我身上各部分骨頭的說法。接著，她就離開了。

我讓自己鐵下心腸。或者說，至少要到鋁化的程度。我特意使用最笨拙的文字結構：「無法置信的美」，像這種每個人都會用在日落情景，或觀看瑞典電影的老掉牙句子，後者充其量不過是可置信的美罷了。菲德菈不同於凡人，我早就形容過她的長相，她仍然保持這個相貌，但還要加上新的光芒，一種特殊的火焰，在她走路和微笑時，有種前所未有的光輝。

以前，她是個美麗的處女。現在，如同以往一般豔麗，然而卻不再是處女。從我所聽到的話來看，她遠離童貞的距離，就如同我們兩人離德州的距離，甚至還要更遙遠。

「菲德菈。」我說。

「Phuc ḿi。」她這麼說。

「菲德菈，是我，伊凡。從紐約來的伊凡・譚納。你記得我的，菲德菈。」

「Phuc ḿi。」

「你的名字是菲德菈・哈洛，曾經是黛博拉・霍洛維茲，你記得嗎？之後你改名叫菲德菈，之後——」

「Phuc ḿi。」

她穿戴著一塊絲綢，繞過身軀再繫緊肩頭。紫色的絲綢。她再度說了幾次自己的新名字，然後解開絲綢，露出身軀，就像是自動褪下包裝的聖誕禮物，我看著這副在紐約從未觸碰的優美身軀，同一個身軀，竟然點燃了阿富汗半數駱駝伕的慾火，我覺得自己雙膝發軟。

「她不想和你離開。」還沒進入狀況之前她就說了。「她只想留在這裡。我不認爲她聽得懂你說的話。」

她是對的。菲德菈的眼神將想法表露無遺，閃爍瘋狂古怪的光芒。我點點頭，走到外頭的車子旁，帶了一瓶可樂回來。

「可口——可樂。」菲德菈說。

「她爲之瘋狂，」老鴇說，「她每天早晨去睡覺時，都帶著一個空瓶子。」

「她以前很喜歡葡萄酒，」我回想著，「但是不至於對瓶子著迷。」我打開可樂，交給菲德菈，回頭再去拿一瓶。

「拿兩瓶。」老鴇說。

我不想這麼做。我知道這會使她打嗝，想像得出聞起來的味道會如何。但我還是拿了兩瓶過來，三人各自喝下飲料。我第一個喝完，耐心地等待菲德菈喝完她的。她放下瓶子，對我吐出她對生命的唯一反應，說出她在本地頗具盛名的新名字。

我拿起可樂瓶，朝她的腦袋瓜敲下去。

「我頭痛。」她說。

「你醒了。」

「你打我。」

我把目光從馬路上移開，看著菲德拉。她容光煥發，但是眼底仍有一絲瘋狂。我把視線移回道路，及時避免將車子開下山坡，接著對打人這項說法表示同意。

「用什麼打的？」

「可樂瓶。」

「噢，停下車來，伊凡。」

「你知道我是誰。」

「當然。在裡面的時候就知道了，只是我說不出來。除了我一再重複的話之外，其他什麼都不能說。我有障礙，無法思考。停車。」

「做什麼？」

「停下就是了。」

我停下車，然後菲德菈撲到我懷裡，拉下我的拉鍊。

「嘿。」我說。

「怎麼了？」

「呃，我不知道。」

「打從我們見面的頭一天開始，你就一直想要，一直都是。但是我不肯，不肯讓任何人得到。在這裡，他們不管我肯還是不肯，我甚至不能說。我沒辦法對任何人說，因爲他們根本不知道我在說些什麼。他們說我聽不懂的東西，也聽不懂我說的任何話，眞是可怕。爲什麼硬不起來？」

「什麼？」

「你的寶貝傢伙。我要它硬起來才能辦事。你不想要我嗎？」

「當然想，但是——」

「我知道怎麼做，等一下。」

但是我溫柔地推開她，將她推到一臂之外，她不悅地看著我，要我解釋清楚。

「你不要我。」

「當然想，但是——」

「去你的想。我想回去，那裡比較好，我要多少有多少，幾乎是整夜的時間。一個結束，另一個就會上。他們什麼都不想說，只想要——」

「我知道、我知道。」

「你怎麼會不想要我，伊凡？」

我望進她可憐又瘋狂的眼底。看著如此無暇美麗的她，幾乎使我難過，然而她卻懇求我不要光看不做，這還不如叫我游渡英吉利海峽算了。

說到這裡，這個比喻眞是糟透了。我已經橫渡了英吉利海峽，也跨過了炙熱的沙漠，越過興都庫什山，雖然並不是用攀爬的方式，也開車經過了一些世界高峰。秉持著對菲德菈這個女孩的愛意，我執行了所有高尙英勇的任務，接下來，只剩領取獎賞。

我當然不能這麼做。

因爲這不是菲德菈。這是個既可憐又有病的孩子，她的甜美和魅力暫時（希望如此）埋藏在歇斯底里的花癡情慾之下。不管她如何央求，我絕對不可以帶她上床。

一開始，我一想到這點就反胃。這好像有些粗鄙。如果我不是之前就認識了她，事情可能會不同，但是我的確之前就認識她，所以不算有錯。

重新思量，就算我在一開始能理性以對，然而純粹就肉體層面而言，這其實無異於在跳躍的焙果麵包中央插入滾燙的麵條。這沒什麼不可能，但是也該死的不見得可能。

她說，「我以爲你是我的朋友。」

「我是。」

「我有什麼不對嗎？」

「沒有。」

「那是你有什麼不對了？」

「也不是如此。」

「那麼，是怎麼一回事，伊凡？」

「你不是你。」我說。

「我聽不懂（譯註：原文I don't get you，雙關語，亦指「我沒能得到你」。」

「就是這個意思。」

「啊？」

我將車子駛回路面。菲德菈遭到拒絕，感情受創地瑟縮靠向乘客座的門邊。我開了一會兒車，沒說任何話。她表示自己要小睡一下，我說，這聽來不錯。她噘著嘴說自己因爲慾求不滿，無法睡覺。我要她自己去找樂子。她說，聽來是個好主意，於是，當我打算把注意力集中在需要更集中注意力的道路上時，她眞的這麼做了。最後，她終於放棄，告訴我這完全不同。「我要睡了。」說罷，她就當眞睡去。

菲德菈醒來之後狀況更糟，幾乎說不出話，也無法把手從我身上移開。如果她不是如此失神，這個動作會更爲悅人。她會發出一串如鈴的笑聲，先是放手，然後攫住我的鼠蹊，接著又突然大哭起來。

沿路這個戲碼不斷上演，但是接下來卻每況愈下。我很想動手讓她能暫時昏迷，但實在無法再次下手。我不想傷害她。她根本不該遭受譴責，而是該被憐惜。與其壓抑她的話語，不如付出同情。憐惜與同情的唯一缺點，就在於它實在該死的累人。受者煩，施者無所得。

我繼續開車，盡可能無視於她的存在。忽略她就如同忽略地震一樣困難，兩者也同樣難以捉摸，但是我仍然繼續將車子開在地圖上所謂的道路上。這次走的是一條沒走過的路，可以較爲直接地從阿納達拉開到喀布爾，繞過坎大哈，應該可以省下幾哩的路程。我的雙眼緊盯著這條路，這實在是浪費，因爲大部分的路段都非常狹窄，用一隻眼睛就足以掌控全局，另一隻眼睛則有空檔爲所欲爲。既然我什麼都不想做，於是我把兩隻眼睛如同之前所說的，鎖定路面，同時還一邊想著回到喀布爾之後，應該要怎麼辦。

我得帶她去能幫助她的地方，這一點很清楚，某個安靜、悠閒又健康的地方。這些條件化身爲三個理由，讓我排除了原先打算帶她前去的目的地，因爲紐約既不安靜也不健康，也絕不可能如此。在紐約，我所能做的會是將她交給精神分析師，每小時可能要花上個三十塊美金，持續個幾年，才能推敲出霍洛維茲太太曾經要求沮喪的小黛比拭淨牆上的穢物。我可以想出很多理由來責怪霍洛維茲太太，但這不是其中一項，我也看不出每小時花三十塊美金來揭露這段過去有何意義。

要不，我們可以回到瑞士。他們有一種治療方法叫做睡眠治療，我認爲菲德菈可以試試。他們讓人幾乎永遠保持在睡眠狀況，讓空白的意識自行解決各種事情。似乎如此一來情況就會好轉，但是，因爲療程中人一直在睡覺，所以你的意識並不知道你已經好轉了，於是你便會回到原來的瘋狂狀況，但是內心深處，你是健康的。

我有可能搞錯。儘管如此，我自己的個人狀況讓我毫無理性地對任何名爲睡眠治療的方法產生偏見。這也許是我的錯，但事情就是如此。

噢。

離阿納達拉大約七十哩的地方，我想到要帶她去哪裡了。

離阿納達拉大約九十哩的地方，直升機對我們開火了。

13

一開始，我還不知道那是什麼該死的東西，只聽到低沉的嗡鳴聲，因爲直升機在我們的後側上方，所以沒有看見。接踵而來的是噠噠作響的噪音，前方道路上揚起了一排塵土。我踩下煞車，直升機出現在眼前上方，另一波自動武器的掃射把路都掃碎了。

菲德菈杏眼大睜。「那是什麼見鬼的東西？」

「直升機。出去車外，快。」

「但是——」

「他們想殺掉我們。」

「爲什麼？」

「我不知道，」我說，「到車外去，動作快。打開你的門，對了。現在，去溝渠那裡——不，等等，給他們一分鐘時間飛到另一邊。我叫你跳的時候就往溝裡跳……好，就是現在！」

她不太盡力地往溝渠跳，我隨後向外躍出並且拉住她，最後我們置身路邊的溝渠裡。她打算站直身子，我抓住她，將她往下拉。

「這裡很臭。」她說。

我們站在小腿深的水中，而且她說的對，的確很臭。我猜這大概是某條排水道，但這沒啥道理，因爲我們路經的這個區域是片不毛之地。從味道聞起來像是汙水道，但是這個念頭更是無稽。我們在一片荒地當中，附近沒有城市村落，更別提足以有汙水道的大城市了。我斷定這應該是那些冒出地表的地底泉水，但這水不像清澈冷冽的地底泉水，臭得像水肥。

「他們在做什麼，伊凡？」

「盤旋。」

「爲什麼？」

「好再回頭找我們。」

「他們要回頭找我們？」

「不是那種找。他們想要找出我們，然後再活見鬼地射殺我們。」

「爲什麼？」

「我不知道。」

「他們是你的朋友嗎？」

「這眞是我這輩子聽過最蠢的問題。」

「我的意思是，你知道他們是誰嗎？」

「不知道。」

「那你也不需要罵我。」

「是。」

「你要罵我？」

「我說是，我知道他們是誰。」我說。

「你才說過你不認識。」

「我剛才又看到他們了，那些狗娘養的瘋子。」

「他們是誰？」

「俄國人，一群瘋瘋癲癲的鬥雞眼俄國人。他們試過要淹死我、射殺我、毒斃我，還要炸死我，沒有人比這些渾蛋更具敵意了。噢，好極了。」

「什麼？」

「他們知道我們跳出車外了。」

「當然知道，他們又不是瞎子。」

「我想也是。」我把槍拿出來，槍托躺在我的手上，扳機緊靠著我的手指。這樣使人安心，但我實在看不出我可能拿它來完成什麼大業。拿來福槍的好射手再加上運氣，還可能射下直升機。拿手槍唯一能做的，是和直升機一起飛，再射殺駕駛員。即使如此，最多也只能靠運氣。

菲德菈開始直起身子，我把手放在她的肩膀上，將她往下拉。她那條紫色絲質的東西鬆開，自行從她身上脫落下來。她呼吸加速，我轉向她，看到她眼底閃著瘋狂的光芒。

「看在老天爺的份上。」我說。

「我沒辦法。」

「我是說，凡事都要看時間地點——」

「我們之前有時間，也有地方。」

「甜心——」

「你一點都不愛我！」

「那我來阿富汗做什麼？」

「讓我們被殺。」

我咬緊牙。小直升機在附近盤旋，低空飛掠，四處試探性地掃射。駕駛這東西的人看來有些面熟，雖然一時想不起他是誰，但是我猜，應該是在搭船穿越海峽時看過他。拿著我猜是布朗輕機槍的小丑，是我那蓄著黑色鏟型鬍的保加利亞老夥伴。

「他們爲什麼要殺我們，伊凡？」

「他們想殺我，而不在乎你。」

「爲什麼？」

「因爲他們不知道你的存在。」

「我是說，他們爲什麼想殺你？」

「因爲他們是白癡，」我說，「他們知道我曉得他們打算在幾天後推翻阿富汗政府。他們所不知道的是，雖然我一直重複說明，只要你和我能先離開這個該死的國家，我才不管他們要怎麼處理阿富汗政府。但是他們不……我現在可以對他們開槍。」

「爲什麼不開？」

我把手肘撐在身側，把槍靠在溝渠的邊緣上。他們在我們正對面的道路上方盤旋，保加利亞人坐在直升機的側邊，拿著布朗輕機槍朝溝渠掃射。我拿駕駛員來試運氣，手指扣緊扳機。

「不。」我說，放下槍。

「噢，伊凡。我知道殺戮不道德，但是——」

「殺戮不道德？」我瞪著她。「你瘋了嗎？沒有比殺掉這群狗娘養的東西更道德的舉動了。」

「那——」

「但是如果他們不回去告訴他們的老闆任務已經達成，他就會知道我們還活著。我是說，他會知道我還活著，就還會派更多小丑來追殺我們，也許下次，我們會來不及下車。但是如果我們讓他們回去——」

「他們會告訴老闆，說沒能抓到我們。」

我搖搖頭。「不盡然。沒有人會跑著回家，大肆吹噓自己的失敗。他們會以爲把溝渠裡的我們給射死了。看——他們走了，往上、往上，飛走了。」

這句話有三分之二的正確度。他們往上飛，再往上飛，接著布朗輕機槍的槍口從直升機側冒出來，一波子彈往下落到一九六八年分巴拉萊卡轎車的油箱和後車箱上。

我抓住菲德菈，將她在溝渠底拉平。骯髒的水浸溼了我的袍子，但是我完全沒有注意，因為車子爆炸的聲音蓋過一切。

「在機會來時，你早該開槍的，伊凡。」

「我知道。」

「因為，我們現在沒辦法離開了。」

「我知道。」

「我是說，我很能走路，但是現在有些涼，而且當天開始黑的時候——」

「我知道。」

「我不是在抱怨，伊凡。」

「那就閉嘴。」我為她解說。

但是有件事她可說對了。繼續走下去是件蠢事，這只會耗盡我們的精力。根據我的計算，我們離喀布爾大約有三百七十五哩。如果我們連續走十二個小時不停，一小時走四哩，八天之後就可以到達喀布爾了。這是數學上的解答。數學分析的缺點之一，是沒辦法將所有的因素考慮進去。比方說，菲德菈在第一天有可能維持這個進度，更有可能的是她可以支撐到第二天。她雖然可以一天走四十八哩，兩天走九十六哩，但是很難想像她能在八天走完三百七十五哩。

這就是說，走路只是浪費時間。

於是我們坐了下來。黃昏的天色暗得很快，空氣已經明顯轉涼了。我們穿著和之前一樣的衣服，在離開燒焦的巴拉萊卡上路之前，我們利用最後的陽光曬乾了我的袍子以及菲德菈的絲綢。我現在用一隻手臂環著她，兩個人縮成一團求取暖和與舒適，這是個溫馨時刻，接著我感覺到一隻溫暖的小手巧妙迂迴地探入我的袍子底下。

「不。」我說。

手離開，她開始哭。我擁抱著她，告訴她一切都會沒事的。「我恨自己這個樣子，」她啜泣著說，「但是我無法控制。」

「你會好起來的。」

「我的腦袋變得很奇怪，沒有辦法想其他事。有時候我覺得自己在到達那個妓院之前，不曾存在過。我憑空出現，之前從來沒有真正的活過。」

「你有的。」

「有嗎？」

「嗯，你還會再次活下去。」

「我會嗎？」

「嗯。」

「我害怕，伊凡。」

「不要害怕。」

「我們會死在這條該死的路上。我們會凍死，要不就餓死。我已經餓了。」

「我們會沒事的。」

「你怎能確定。」

於是我對她布道，講到土地，講到人類如何因爲認定這片土地充滿敵意，而打敗了自己。現在有股新的潮流，認爲人類不可能在沒有鋪路的地方生存下去。但是他們一定忘了人類並不是在城市裡進化的，是人創造了城市，不是反過來。我告訴她，一度，人並不會因爲呼吸看不見的空氣而感到害怕。曾經，男男女女吃著沒有除霜退冰的食物。以前——

「伊凡。」

「什麼事？」

「我害怕。」

「躺下來，閉上眼睛，睡覺。」

「我不可能睡覺。」

「躺下，閉上眼睛。」

「我還很清醒，我沒辦法——」

當她睡覺的時候，我拿了根棍子在地上劃。我在十一月十五日早晨離開喀布爾，剛好介於蓋．福克斯紀念日（譯註：十一月五日，英國慶祝一六〇五年火藥陰謀事件主謀被捕的日子。）和俄國人計畫政變的日期之間。之後，日夜都混雜成一片，一路上空白的時間太多，但是我還是可以一點一滴地計算出來，也可以得知當時是十一月二十一日的晚間。我們有大約四天的時間回到喀布爾，去改變一切。

因爲，該死，是他們自找的。我給了他們所有機會，無數種可能性，而他們卻一次次搞砸。其實，他們只要不來打擾我就沒事了。我不斷抓到他們，放掉他們，展現出最誠摯的善意，而他們卻只是回頭再度策劃新招數，取我性命。

實在是欺人太甚。我是個有耐心的人，但也有限度，我的極限不但到達頂點，還破表了。頭巾上插了把匕首，飲料被下毒，被槍指著臉，餐廳裡有炸彈，竟然還有人用腳踩住我的手。長久以來，我都以被動抗拒來回應。非暴力是個了不起的觀念，卻可能已經遭我濫用。

我一向喜歡葛倫·福特的電影，尤其是吵吵鬧鬧的那些，裡面他扮演被犯罪集團追殺的警察，或是被牛仔追殺的牧羊人，他們不斷刁難他，對他不利、毆打他、把他捲在有刺的鐵絲網裡、把炸藥塞進他的鼻子裡、丟進小溪、對他下毒，還潑灑熱咖啡，自始至終，葛倫·福特都只露出他的一號表情：憤怒。

然後越演越烈。他們槍殺他的妻小，侮辱他的母親，或是踩住他藍色的麂皮鞋。不管是什麼，這瞬間成爲壓垮葛倫·福特這頭駱駝的最後一根稻草。這時候，他會露出二號表情：激怒。

接下來他開始暴怒，把那群渾蛋修理到一個也不剩。

打從游渡英吉利海峽之後，我就開始憤怒了。

現在則是激怒，他們麻煩大了。

14

我們在十一月二十四日黎明過後的兩個小時，到達喀布爾。我們凱旋地騎馬進城，我的頸子上繫著飾帶，肩上扛著來福槍，臀上還掛了把手槍。菲德菈穿著男裝，配戴英軍的水壺和一把德製手槍。我拉緊馬轡，馬兒感激地發出嘶聲，然後跪了下來。我們下馬。馬仍然跪著。我不怪牠，眞讓我驚訝。

我們偷了這匹馬。根據家族傳說，我一位曾曾叔父在懷俄明地區曾經做了同樣的事，據我所知，他隨後成爲譚納家族中唯一被絞死在西半球的人。這項祖傳的家醜讓我們領悟到何謂偷馬之罪，但是我們這匹馬原來的小丑馬主讓我們別無選擇。

這個身材高瘦、帶著軍人舉止的阿富汗人，在看到我們的手勢後停了下來。他的鬍子倒豎，雙眼直視我的眼睛。我表明意圖，想買下他的馬。他說，這匹動物不出售。我告訴他，我會付給他超過馬價數倍的金子。他則表示金子對他不如馬匹對他來得有用。我說，我願意付給他錢，讓他帶我們去喀布爾。他則說，只願意到他幾哩之外自己所住的村落。我建議，他也許可以把馬匹借給我們，我們會把馬留在喀布爾等他去領取，還願意付他大筆黃金來彌補所造成的麻煩。他表示，如果他想要黃金，只要等到我的女人和我口渴而死就好了。

我拿出槍，要他下馬，否則就一槍斃了他。他舉起來福槍，而我則扣下手槍扳機，打中他的耳垂。他用手去摸，看著指尖上的血水，然後恭敬地從馬上下來。

「你是個神射手，kāzzih，」他說，「我的駿馬歸你。」

他的來福槍和衣服也一樣。我強忍下告訴他自己不是神射手的念頭。我原先瞄準的並不是他的耳垂，而是他的前額中心，因爲當有人拿著來福對我開槍時，我可不會只是擺出架式嚇唬對方而已。我的爛槍法是他的好運氣。

結果發現，菲德菈從來就沒騎過馬。一開始我讓她側坐，但是在馬匹小跑了幾哩之後，她把腿盪了過來。我就坐在她後面看著她，幾分鐘之後，我才弄清楚她腦子裡在想什麼。她的呼吸開始比平常急促起來，當馬匹彈起時，她也會跟著彈，大腿肌肉緊繃，然後從喉底發出奇怪的小聲音，接下來，她會小嘆一口氣，往前倒去，雙手環抱馬頸。

她不停這麼做。

當我們一抵達城裡下馬後，便等於拋棄了牠。我猜想，拋棄馬匹不是個好策略，也許被什麼當地法條所禁止，但是拋棄馬不會比一開始時的偷竊來得糟，而且我有個直覺，不管是誰接收了這匹馬，至少會和我們一樣好好利用牠。對我來說，如果我再也看不到這匹馬，應該是一點關係也沒有。儘管這匹馬沒有上馬鞍，我仍然感覺自己出現一種可能稱做馬鞍酸痛徵候的問題，再仔細想想，如果眞有這麼一個名稱，這個徵狀也應該叫做無馬鞍酸痛徵候。我搖搖晃晃地走，斜眼弓腿，一點也不舒服。菲德菈也一樣，看來有些弓著腿，但是我不知道這是因爲馬的關係，還是因爲她在阿納達拉待了兩個月的緣故。弓腿是慰安女奴特有的職業病。

「我會想念那匹馬的。」在前往阿曼努拉住家的路上，她這麼告訴我。

「我不相信。」

「我從來沒有眞正了解人類和馬匹間的關係。」

「是啊，關係。」

「我是說——」

「我知道你的意思。」

「伊凡，我無法克制。」

「我知道。」

「我只是必須——」

「我知道。」

「你以前總想要我。在紐約，你的公寓——」

「是啊，我記得。」

「我只是——」

「別提了。」

「也許我應該自殺。」

「是啊，殺了你自己。」

「伊凡，你是這個意思嗎？」

「嗯？」我突然注意到。「不，」我說，「不，我一定是心不在焉。別自殺，一切會沒事的，相信我，不會有任何事的。」

「但是你不想要我。你繞過大半個地球來拯救我的性命，現在甚至不想要我了。」

「我克服了。」

「你恨我。」

「噢，見鬼了，我不恨你的。」

「你一定恨的。你大老遠跑來阿富汗，將我從比死還糟的命運中拯救出來，然而卻發現我打心底就是個妓女。我難道不是嗎？」

「不是。」

「我就是。」她嚎啕大哭。

我轉向她。「現在，閉嘴一分鐘。」我大吼。「這個該死的城市絕對爬滿一批瘋狂的俄國人。瘋狂，又會殺人的俄國人。而全城我只認識一個人，就是把車借給我的人。那不但是他的車，還十分引以爲傲，現在把車借給我之後就沒有了。我得告訴他車子沒了，他不可能再看到車——」

「你爲什麼要告訴他？」

「閉嘴。我得告訴他，然後得讓他對俄國人大發雷霆，這樣他就會讓城裡其他人與他一樣生氣。我們兩個知道就好，阿曼努拉和我得帶領群衆去剷除那些愚蠢的俄國人，把他們吊在街燈上，我還有個感覺，這個城裡的俄國人比街燈還多。況且，我做這麼多事還得保住老命，接著我們兩個得逃離這裡。你聽懂我在說什麼嗎？」

「大概懂。」

「你了解爲什麼我心裡有比你的陰戶更重要的事要思考嗎？」

「我——」

「走吧。」

阿曼努拉不在家。我們在四姊妹咖啡館找到正在吃羊腿肉的他。他一邊吃的時候，我一邊把整個故事告訴他，整個故事正中紅心，引起了他的注意力，他幾乎停止吃東西。的確，在骨頭上還有一些肉的時候，他就放棄了。他拿骨頭拍打桌面，並大聲吼叫，所有人的眼光都集中在他身上。

「企圖摧毀我們的國家，眞是暴行。」他喝道。

群衆發出低語聲。

「企圖謀殺我年輕的友人和他的女人是野蠻行爲。」他叫道。

群衆湧向前來，低語表示同意，並加進鼓勵的叫聲。

「但是摧毀我的轎車，」阿曼努拉厲聲叫道，「摧毀我的轎車，」他嘶吼，「我的轎車！」

群衆發出吼聲表示同意。

「一加侖跑二十哩。」阿曼努拉放聲哭號。

群衆欺向咖啡館的門。

「自動變速！永遠不用換檔！」

群衆湧上街去。

「雪胎！」

新的成員加入群衆裡。我看到翹鬍子保加利亞人躲在陰影裡。「這是他們的其中之一，」我大喊，「別讓他跑了！」

他們沒放過他。男男女女歇斯底里地尖叫，抓住他的手腳撕裂他，孩子們拿他的頭當足球踢。而這群嚐到鮮血滋味且為之瘋狂的人，上街頭朝蘇維埃大使館湧去。

「塑膠椅套，」阿曼努拉放聲尖叫。「暖氣！收音機！緊急煞車！噢，這些惡棍！」

士兵增援阿富汗警方控制街頭。他們湧向蘇維埃大使館附近的區域。警察和民衆低語交談。

警方加入群衆。

軍方加入人群。

「前進，」阿曼努拉大聲呼喊，「爲喀布爾！爲阿富汗！爲了你們的生命和國家，以及神聖的榮譽！爲了我的車！」

可憐的渾蛋俄國雜碎。

15

我盤腿坐在地上，繫著白色腰布，用雙手拿著一朵黃花。我不知道這是什麼花，只知道名字不過是假象，我要找的答案不是花的名字，而是它的本質，是花朵裡面的花，由這裡作開端，再去尋找自我內在的花朵和宇宙中的眞我。我將自己的眞我灌入花中之花，時間敞開，如美酒般川流不息，於是我是花，花化作我。

導師盤腿坐在我的身旁。我把花交給他，他深深地看入花心，久久不發一語。他把花交還給我，我繼續看著花。

「你在冥想。」他說。

「是的。」

「眞美，那朵花，在聚會所的寧靜氛圍中，你對著它冥想，你體會到美，它是你的一部分，你也成爲它的一部分。美，有三個部分，即存在之美、理解之美，以及理解卻不存在的美。」

我研究著花朵。

「你冥想，你的心靈恢復了。」

「是的。」

「你恢復了健康。」

「比以前更好，我不再嘔吐了。」

「很好。」

「我可以再次集中精神，也不會再一直冒著冷汗。」

「但是你不睡覺。」導師說。

「不。」

「所以你還沒有讓自己痊癒。」

「我不認爲這可以痊癒。」

「人類就是要睡覺。黑夜即睡，白晝即醒，中間不存在其他的光陰，聖人無窮的智慧沒有給我們介於清醒和睡眠的空間，就像陰陽、男女、好或壞。這是二元論的原則。」

「這是我一個特殊的問題，」我說，「在很久以前一場被遺忘的戰爭中，我受過傷。光的能量從我身邊帶走了睡眠的藝術，只有它才能還給我。」

「完美的男人晚上要睡覺。」導師說。

「沒有人是完美的。」我說。

我在花園的噴泉旁找到坐著的菲德菈，她正嗅著一朵花，雙眼緊閉，身子蹺成嬰兒的姿態，雙手拿花。她的鼻子深深地埋入其中，看來似乎想要將整朵花吸進身軀裡。

「早安。」我說。

「我是一朵花，伊凡。而這朵花是一個名叫菲德菈的女孩。」

「美即是花，美即是女孩。」

「你也是美麗的。」

「我們都是應爲花朵的花朵。」

「我愛你，伊凡。」

「我愛你，菲德菈。」

「我現在好多了。」

「我也是。」

「我們兩個講話都好有趣，像是導師一樣。我們說著奇奇怪怪的話，說著花，說著事物的美，還有我們神聖靈魂中的美好及花朵。」

「的確。」

「但是我們又好起來了。」她坐起身來，雙腿交疊。「伊凡，我知道在另外那個國家發生了什麼事。我和男人在一起，每天都有許多許多人，日復一日。我知道這件事，卻又無法想起來。」

「這是你的運氣。」

「伊凡，我知道我樂在其中，也知道這是病態，知道自己病入膏肓，完全被陽所支配，知道你不願觸碰我。我知道，但是我不記得。」

「在生命中有一部分的無生命狀態，我們必須知道，但是不去記憶；生命中也有必須記得而不須知道的無生命狀態。」

「導師昨天告訴過我了，要不就是類似的話。有時候我覺得導師說些什麼並不重要，只是聽起來十分舒服。」

「人類的話語都是如此。一個人所說的話，不如發出聲音的震動來得重要。」

「伊凡，我再次得到寧靜。」

我親吻她，她的嘴像是蜂蜜、香料、蘋果酒、花朵，以及小鳥兒的啁啾，貓兒的咪嗚，和玫瑰的花瓣；她的嘆息猶如清風撫過林木，雨水落下屋瓦，像是壁爐中的火焰；她的皮膚是絲絨，是羊毛，是棉絮，是絲緞，是床單，是蓋毯，是皮草；她的肌肉是食物和水。她的身軀是我的，而我的亦是她的，雷聲在山丘之間隆隆作響，閃電猶如公羊跳躍。

「啊。」她說。

她的身軀是我的，而我的亦是她的，陰和陽，黑暗與光明，東以及西。禮讚克瑞須那神，禮讚克瑞須那。禮讚喇嘛，禮讚喇嘛。二元終將相會。

奧姆（譯註：印度教祈語。）。

「從未經歷。」菲德菈・哈洛說。

一滴汗珠淌下她金色的胸口，我伸出舌尖輕彈，她低聲顫動。我輕彈其他無形的汗珠，她咯咯地笑，發出更多的嗚聲。

「前所未有，」她再次說，「幾分鐘之前，我以為自己好一些了，結果竟是我甚至不明白什麼是好。你懂我的意思嗎？」

「我，永遠懂。」

「我甚至不必像導師那般說話了。那挺有趣的，但是我看得出來，這終究可能成為一項煩惱。我是說，花朵是很好沒錯。」

「花朵是奇妙的。」

「但是無所事事，光是享受花朵，一個人可能會停滯不前。」

「的確。」

我用手臂環著她，將她拉近。她的雙唇啓開，迎接我的親吻。我們互相擁抱了一會兒。

「伊凡？剛才眞是美妙。」

「不需要說出來。」

「我知道，但是很想說，卻沒有話語足以表達。」

「別想了，找不到的。」

「這在阿富汗的那個妓院，從來沒發生過。」

「我知道。」

「我那時從來沒到達這個境界，身體感受到，但是靈魂離身軀而去。去到了某個地方，冰凍起來。」
「現在解凍了。」
「噢，不。噢，感覺眞好。」
「嗯嗯。」
「你眞的愛我，不是嗎？」
「當然了。」
「眞好。噢，感覺眞是美妙極了。」
「啊。」

「啓蒙的三步驟，」導師說，「三位一體的三部分，時間的三段落，過去，現在和未來。昨日，今日，明日。」
「啊。」
「聚會所中聖潔的三個格言：虔誠，守貧，貞節。」
「我們很虔敬。」我說。
「這是眞的。」

「而且守貧，困乏。」

「的確，你在到達的時候將所有金子都獻給了聚會所。是的，這點沒錯。」

「嗯，另一個戒律，呃。」

「是的。」導師說。有那麼一下子，他的眼神在發著光的腦袋裡閃耀，但這點很難確定。他摘下一朵花，用雙眼吸取香氣。「是。」他說。

「三者中有兩者，」我說，「平均說起來不差了。」

「聚會所很多修行者違反了守貞的戒律。」他說。

「呃，我就是這個意思。呃——」

「但不常發生。」

「呃——」

「很少在白天。」

「噢。」

「從來沒在花圃。」

「嗯。」

導師摘下另一朵花。「當你們來到這裡的時候，」他對我說，「你沒有辦法放空思緒，不能放鬆對自己內在運作的掌控，沒辦法找到平靜，無法與整體、自我裡的眞我，唯一的眞我來連結。」

「的確。」

「現在呢？」

「現在我不再有這個問題了，導師。」

「而且能夠冥想？」

「是的。」

「你堅守我交給你的眞言嗎？」

「有的。」

「啊，」導師說，「你，菲德菈。當你剛到聚會所的時候，你不是你自己。你的心智從軀體脫離，你的身軀是魔鬼，而魔鬼驅使著你。在魔鬼之前，在魔鬼出現在你體內之前，卻是冰霜和冷冽，甚至在魔鬼出現之前，你也不是你。對嗎？」

「是的。」

「現在，魔鬼離開了，你用念力和感受力驅離它，並且不受邪惡的影響，得以冥想，你體內的冰冷同時也消散了，你成爲自己了，對嗎？」

「是的。」

「那麼，是時候了，你們可以離開了。」

「去冥想嗎？」

他搖搖頭。「去美國。」

「但是我們一文不名，」菲德莅說，「我們在這裡不認識任何人，我們所有的就只是這些蠢衣服，還得離開聚會所。我不知道要做什麼。」

「我們要做愛。」我說。

「但是，之後呢？」

「你聽到他說的了，我們要回家。」

「怎麼回？」

「會找到方法的。歡度當下。你不再是處女，也不再是花痴。相反的，你保留了年輕貌相中最可人的一面。汝的眞汝。」

「本質的本。」

「皇室公主的主。」

「美好的美。」

「讓我們在這裡做愛，就在這些該死的花朵中間。」

「他會把我們轟出去。」

「他已經把我們轟出去了。」

「噢。那麼，來吧。」

在著名樂團扎昂—狼的私人噴射機裡，洛伊德・詹肯斯深深吸了一口褐色的香菸，然後花了一些時間來聞某朵在我看來並不存在的花香。

「我說，」他說，「如果不能和小妞爽一下，那冥想有什麼用？」

「有道理，不過是個想法而已。」

「所以，當我們看到你們兩人時，你知道嗎，然後那個聖徒那樣走向你們，我就想，這傢伙，當他們剛學會天堂的技巧時，就把人趕出伊甸園。接著我想到利物浦所有的小妞兒，你知道的，我們那裡也有不少花店，又沒有會咬人的討人厭蒼蠅。那個導師——」

「導師。」

「嗯。他告訴我們，他眞的有，說蒼蠅是一體的一，是三元的三，那個心靈聖人讓自己覺得蒼蠅根本不存在。我說，這是個好主意，但是我得要日以繼夜的不停抽菸，自己先流著鼻血腦袋嗡嗡響，才有辦法不理會嗡嗡響的蒼蠅。」

「我喜歡你的唱片。」菲德菈說。

他渴望地看著她。「啊，女孩，」他說，然後對我說，「她是你的，是嗎？」

「她是我的。」

「啊，好小子。我們先停紐約，但是只有時間親吻土地的時間。我們的妞兒都在利物浦，你知道的。花朵很美，但妞兒更好，妞兒的世界比花兒更美好。」

「阿門。」我說。

16

「在倫敦犯下謀殺案，」老大說，「謠傳非法入境半數以上的歐洲國家首都，在喀布爾引起暴亂。」

他垂下目光。我千辛萬苦、奇蹟般地設法回到了我的公寓，整整兩天後，他的一個信差男孩帶給我他的口信。現在，我們在他位於曼哈頓介於住宅區和商業區中間地帶的旅館房間裡，他用某個冷戰時期的名字登記住房。他正在喝一杯威士忌。我也有一杯，但是讓它放著蒸發。

「我要的不多，」他說，「只要部分解釋就可以。我猜，在英國應該可以過關。只要你在這裡，他們在那邊，應該就不會有什麼擋不掉的麻煩。上面的長官可以決定不要企圖引渡，下面的卒子會放過這些不當行爲，不會大肆張揚。但是，我想要知道發生了什麼事。」

我不能怪他。他的確認爲我在替他工作，如果是這樣，讓他知道我做了什麼事，絕對有道理。不管我是不是他手下的其中一員，都可依自己的判斷行事，享有極高的獨立自主空間。不需要寫一式三份的報告書，也不需要命令和密語，只要發揮個人主觀判斷達成上帝和國家的利益（但願如此），以上兩者無先後次序。所以，他從來不多問，但仍有權利知道我究竟該死地做了什麼，以及為了什麼而做。

於是我告訴了他。

呃，必須加以修飾。大體上的故事，各位已經讀過了（除非你剛好打開書，恰巧翻到本頁，如果是這樣，請闔上書），很難讓每件事的發生看起來都出自於最深的愛國主義思想。因為如此，我也想讓他知道整件事有多麼地即興，但這對我的個人形象不會有任何好處。

我告訴他，自己為了私人原因離開國家。但在敘述當中，想像力取代了事件原本的發展，他聽到的版本開始偏離事實。

我解釋著，亞瑟．胡克是共黨陰謀的特工。他運送白人奴隸入境阿富汗，其實是幫助境內的俄國特務籌錢搞破壞，並打擊自由世界女性的純眞本質。

我看著他，整個陳述似乎進行得相當順利，於是我咬著牙繼續說。我告訴他，在得知這一切之後，我必須殺了胡克，讓他無法通知同謀。接著，我想辦法滲入英格蘭境內的蘇維埃特務之中，並和他們一起離開英國，可惜在最後一分鐘，他們還是發現了我。從他們身上，我得知他們在阿富汗的陰謀。愛國如我，知道自己光是拯救無辜的美國女子逃脫共產白奴隸販子的掌握是不夠的，還必須平息共產政變。

（寫下這些眞令人尷尬，請原諒我。）

在喀布爾親西方人士的協助下，我得以繼續，政變在未成熟之前就被破除，在預計發動的前一天就被敉平。一向詭計多端搞陰謀破壞的俄國大使館，現在已經成了一堆零零落落的石塊了。這個計畫中政變的領導人，現在也領導不了任何政變。這群人是標準的共產殺手，裡面不只有俄國人，還有一些歐洲的敗類，毫不誇張，他們被一群熱愛自由的阿富汗憤怒群衆給撕成了碎片。

「於是，」我下了結語，「我認爲最後相當成功，老大。我從來沒想過自己會牽扯進策劃如此精密的——」

「你從來沒有。」

「——或是，當然，如果我知道，一定會事先讓你知道我的打算。」

「嗯。」他說。喝完威士忌，開始替我們斟酒，發現我還沒喝完之後，驚訝地看著我。他責備地看我，於是我喝了我的酒，他又替我們都斟了些威士忌。

「你過去的紀錄，」他說，「一直都很好。」

我什麼話都沒說。

「我也不認爲這次有什麼不好，不是嗎？」

「呃——」

他深深吸了一口氣，再慢慢吐出來。「但是有件事我必須告訴你，譚納。有件事你應該要知道。某件——呃，不尋常的事。」

「喔？」

「事實上，這相當嚴重。」

「喔？」

他把椅子盪過去，看著窗外。我喝了一點威士忌，開始覺得有需要了。

沒轉過身，他說，「譚納？那個阿富汗的政變。不是他們的，你懂嗎？」

「老大？」

「是我們的。」

「我們的？」

「我們的。噢，不是那個我們。當然，你不需要知道。不，不是我們的組織策劃的，這沒看頭，我自己就不會同意，你知道。不，這算是童子軍的個人行動。」

我幾乎要吞下自己的舌頭，但是以吞威士忌來取代。我說，「中央情報局。」

「正是。」

我什麼都沒說。

「阿富汗政府一直保持中立，你知道。一直接受俄國人的援助。新建道路，據我的了解——」

「如果你看到其他的路況，就會了解他們爲什麼會接受。」

「我不懷疑。至少，情報局裡有些人認爲政府和俄國人走得太近。根據他們的說法，一年之內就會被紅軍接收。他們決定先發制人，在俄國採取行動之前，籌劃一個親西方的接收政府。」

「那麼，在喀布爾的那些人——」

「是中央情報局的人。」

「但是，他們是俄國人，還有東歐，還有——」

他在點頭。「從上次戰爭接收來的整批人員，」他說，「烏克蘭人、白俄羅斯這些地方的。東歐每個反蘇維埃的祕密人員，在戰後收編到之前的美國戰略情報局，在新的組織成立之後，就編入中央情報局。有很多是合作主義分子，無異就像我們口袋裡的私房希特勒，但其中有很多對局裡頗有價值。」

「嗯。」我說，記起自己向那個下流保加利亞人保證自己絕對熱愛俄國。之後，他和他的流氓同夥更加努力追殺我。當初我對這件事完全不解，現在就有道理多了，但是並沒有讓我高興一些。

「呃，這眞是不妙。」我說。

「喔？」

「我是說，呃，使很多我們這方的人被殺，是說，中央情報局的人。我還以爲自己破壞的是共產黨的詭計，結果反而是壞了我們自己的計畫。一個反共的計畫、行動、政變。不管該死的怎麼講。」

「我認爲稱之爲陰謀很恰當。」

「呃。」我說。我被一個歇斯底里的笑聲給哽住。歇斯底里沒錯，笑聲就不見得。我把剩下的酒喝掉。老大再度轉身去看窗子，然後轉過來面對我。我盯著他粗短的手，圓圓的臉。

當我看著他的時候，他開始微笑。

微笑綻開，嘴唇咧開，咕咕笑聲冒了出來，然後轉成大笑。

我的下巴掉下來。

「譚納，」他說，「我要告訴你一件事。我覺得這眞是該死的好笑。」

「是嗎？」

「那當然。」他開始越笑越激烈。「那些童子軍想要阻止俄國人接收，不是嗎？那麼，俄國人在下個世紀之前，不可能再踏進那個國門一步了，甚至連大使館都沒有了，可憐的渾蛋東西。謠傳喀布爾政府打算叫莫斯科把他們的道路收回去，老天，你要怎麼把路收走？」

「我不知道，長官。」

「我也不知道。」他再次大笑。「而那些俄國人，噢，眞是夠了，俄國人也不知道究竟發生什麼事。毫無疑問，他們大使館裡半數的人都是探員，當他們和其他人一起死去，呃，你可以想見克里姆林宮有多麼混亂。」

「我可以想像。」我說。

「每個蘇維埃情報單位都互相指責對方爲禍首。也許會有一個，或好幾個清理門戶的行動。而且，至少有一個情報單位宣稱北京應該爲這件事負責，說是中國人企圖在自家門口詆毀莫斯科。」他哼著鼻子說話。「於是，現在除了國際猶太復國主義集團和美國以外，每個人多少都受到一些責難。」

「所以結果還算不錯。」我慢慢地說。

「結果非常圓滿。除了那些童子軍之外，他們折損了幾個可靠的人手。」

「他們這批人並不特別好。」我說。

「對，我也不認爲他們是。」

「一點也不。」

「好。」他沉重地嘆息。「我眞的認爲，應該不要張揚你在這整起災難事件中所扮演的角色。根據我的看法，那些中情局的間諜一直沒有與位於蘭利的總部聯繫。對於你的出現，他們一直被蒙在鼓裡。這樣最好。至於中情局，他們的人犯了大錯，被一群企圖維持中立的阿富汗愛國分子打倒，在喀布爾走運的美國以爲他們是俄國人。很複雜，對吧？林林總總加起來，就是我們應該要保持沉默。我相信你會這麼做？」

「噢，絕對的。」

「那個女孩呢？你把她帶出來了，對嗎？」

「她算是我的人手，」我說，「事實上，她一開始就幫助我滲透到白奴販賣的組織當中。我們不必擔心她。」

「好、好。」他站起身，朝我走來，伸出手，我們簡短地握手。「你不會因爲這次行動而獲贈獎章，」他說，「這樣的功績必須永遠保持緘默。但是對我而言，譚納，你表現得很好。」他開始大笑。「那些童子軍，」他爆出笑聲，「我簡直可以想像他們蠢臉上的笨表情——」

當我回到公寓時，電話正在響著。我犯了個不常發生的錯誤，接起了電話。

「譚納先生？」

「打湊電襪囉，」我說，「這裡素懶星洗衣工甦。」

「譚納先生，我知道是你。別說什麼洗衣店了，我不管這些。」

我說，「你好，霍洛維茲太太。」

「我打電話給你，叫你去替我找到黛博拉，結果你做了什麼？你把她害成一個邪惡不道德的女人。」

「嗯。」

「那麼你什麼時候才要把她變成一個正直的女人，嗯，譚納先生？我孤伶伶一個人在世上。霍洛維茲死了，我一個人，除了黛博拉我就沒別人了。我不應該少了女兒，譚納。我應該得到個兒子，譚納。你懂嗎？」

「黛博拉不在這裡，霍洛維茲太太。」

「譚納，我是在和你說話。」

「她去動物園了，霍洛維茲太太。我會告訴她你來過電話。」

「譚納——」

我掛斷電話，在她還沒來得及再打來之前，拿起聽筒。門打開來，我轉過身，是菲德菈。

「嗨，」她說，「你會面回來了。」

「不，這是我的星象預測。導師教我怎麼做。」

「那麼，你做得很好。電話怎麼了？」

「你母親剛剛在裡面。」我說。

「噢。」

「那孩子呢？」

「樓下，」她說，「和那個波多黎各孩子——米奇玩。」

「他沒去學校？」

「今天是猶太光明節。」

「我早該懂的。」我說。我看著電話，它發出嘟嘟作響的噪音，好讓你知道電話沒掛好。顯然電話公司不相信有人可能為了某些原因，希望能拿掉話筒。電話公司從未與有媽媽的女朋友交往。

我看著菲德菈，她正在寬衣解帶。

我再次看著電話。嘟聲停了，現在接線生對著我大喊，叫我掛上電話。接著是響亮的叮噹聲，然後接線生再次出現。

「聽聽那個女人。」我說。

「我猜她是在錄音。」

「他們都是。」

於是我掛起話筒好讓噪音結束，接著我向菲德菈伸出手，她咯咯地笑，發出呼嚕呼嚕的聲音，然後電話響了。

事情越變越……

在一個美好的十二月午後兩點三十分，我一把扯掉牆上的電話。